UNE VIE INESTIMABLE

Journaliste à France 2, Anne-Marie Revol est l'auteure d'un récit très remarqué paru en 2010, *Nos étoiles ont filé*, ainsi que des romans *Gaspard ne répond plus*, en 2016, et *L'Étoile russe*, en 2018.

Paru au Livre de Poche :

L'ÉTOILE RUSSE

GASPARD NE RÉPOND PLUS

ANNE-MARIE REVOL

Une vie inestimable

ROMAN

JC LATTÈS

ISBN : 978-2-253-93875-0 – 1re publication LGF

Aux Cardita mère & fille

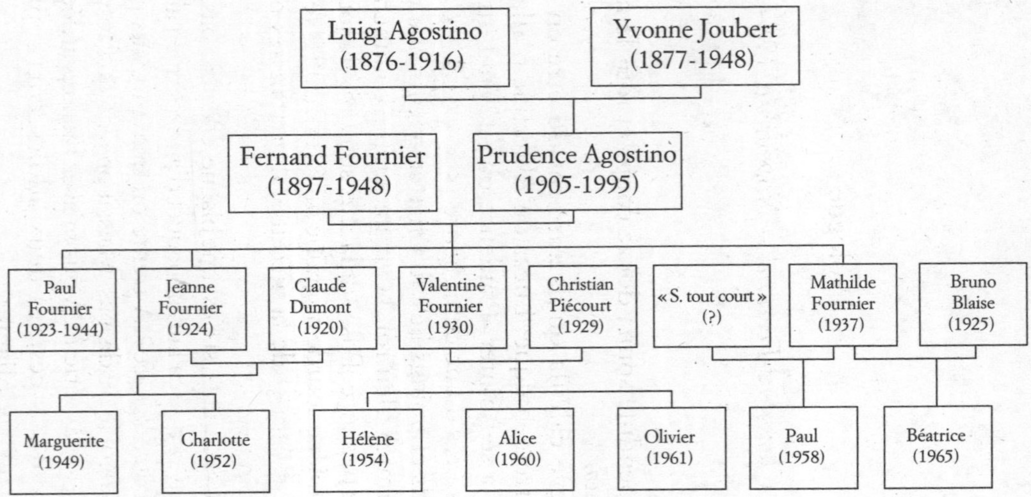
Luigi Agostino (1876-1916)
Yvonne Joubert (1877-1948)
Fernand Fournier (1897-1948)
Prudence Agostino (1905-1995)
Paul Fournier (1923-1944)
Jeanne Fournier (1924)
Claude Dumont (1920)
Valentine Fournier (1930)
Christian Piécourt (1929)
« S. tout court » (?)
Mathilde Fournier (1937)
Bruno Blaise (1925)
Marguerite (1949)
Charlotte (1952)
Hélène (1954)
Alice (1960)
Olivier (1961)
Paul (1958)
Béatrice (1965)

Prologue

Clermont-Ferrand – Novembre 1984

La pendule sonna douze coups et tout le monde sursauta.

Steeve calcula qu'ils auraient dû être en cours d'électrotechnique. Lucas qu'Albertine n'allait pas tarder à se pointer. Prudence qu'elle était attachée depuis près d'une demi-heure.

Pieds et poings liés au Chatterton sur une chaise en Formica bleu roi, la vieille femme commençait à perdre patience. Posé sur la télé, son *Libé* du jour l'attendait. Une sourde migraine lui étreignait les tempes. Quant à l'appel de la nicotine, il mettait ses nerfs à rude épreuve.

— Les enfants, si c'est une blague, elle n'est pas drôle. Vous savez que ça fait un paquet d'années que j'ai passé l'âge d'être ligotée ? À trente ou quarante ans par un bel hidalgo, je ne dis pas. Mais, à près de quatre-vingts, voyons, soyez sérieux. Vous m'avez bien regardée ?

Décontenancés, les deux adolescents reprirent d'une voix suppliante :

— Allez, Prudence, par pitié, collaborez. Juste un p'tit effort !

— Un effort de quoi, à la fin ? Vous me parleriez javanais, vous ne seriez pas moins clairs. Je ne pige rien à votre baratin.

Joignant l'acte à la parole, la vieille femme frappa le carrelage du pied. Comme un métronome lancé à folle allure, elle secoua la tête de gauche à droite en fronçant le nez d'un air courroucé. Son irritation était telle que Fidel, subodorant l'orage, se faufila ventre à terre sous le garde-manger.

— Vous m'avez serré les poignets si fort que je ne sens même plus mon sang circuler. J'ai mal ! Si la police débarque et qu'il faut m'amputer, ne comptez pas sur moi pour vous trouver des circonstances atténuantes : ce sera chacun pour soi et Dieu pour personne !

Persuadés que Prudence les enfumait, Steeve et Lucas refusaient d'abdiquer. Pas si près de la ligne d'arrivée. Identifier le créneau horaire le plus approprié pour commettre leur méfait – entre la visite quotidienne du facteur et celle d'Albertine –, faucher un rouleau de scotch dans le placard à fournitures du lycée, inventer un déplacement à Vichy pour une rencontre amicale de foot, se procurer un flan pâtissier pour que Prudence les laisse entrer, tout ça leur avait demandé tant de hardiesse – et d'organisation – que renoncer à leur projet aurait été s'humilier.

— Allez, madame, implora Lucas, réfléchissez, c'est pas compliqué. Que nos mémés se souviennent pas de ce qu'elles ont fait, ou pas fait, hier ou ce matin, avec tout ce qu'elles s'envoient en loucedé, je veux bien. Mais, pas vous. Pas vous, Prudence ! On le sait, nous, que vous êtes pas gâteuse.

Sur ce point-là, les garçons avaient raison. Même s'il fonctionnait moins vite qu'à vingt ans, le cerveau de Prudence tournait toujours avec une belle agilité. Dans le cas présent, pourtant, elle avait beau se concentrer, elle ne comprenait pas un traître mot de ce qu'ils lui racontaient. Leurs mots s'accouplaient, sujets, verbes, compléments mais leurs phrases refusaient de prendre sens dans son esprit.

— Sur la tête de nos mères, on vous jure qu'on vous libère si vous lâchez l'affaire. Faudra juste nous promettre de pas nous dénoncer après. Si par malheur vous nous balancez, vous, vous, vous…

Faute d'inspiration, Lucas expédia sa tentative de chantage par un pathétique :

— Vous pourrez dire adieu à votre tranquillité : on f'ra pas de quartier !

Convaincue qu'ils bluffaient, Prudence, émue par leur immaturité, s'interdit de sourire.

Un ange passa et ramena Lucas à de meilleures intentions.

— Vous imaginez bien qu'on vous laissera pas sur la paille. Surtout avec tout ce temps que vous donnez à la cité sans jamais la ramener. Dès qu'on est en âge de bosser, promis, juré, craché, on prend le premier job qui vient et on vous renfloue direct !

En signe de paix, Steeve et Lucas amorcèrent un mouvement pour lui serrer la main. Se souvenant qu'elle était toujours ligotée, ils étouffèrent un éclat de rire plus potache que gêné.

Accablée par le ridicule de la situation, Prudence, qui voulait en finir, répliqua, cinglante :

— Arrêtez de faire les singes, les garçons, vous voulez bien ? Qu'est-ce que vous attendez de moi, exactement ? Un peu de courage, les gars, déculottez votre pensée !

Soudain libérés d'un même poids, Steeve et Lucas aboyèrent à l'unisson :

— On veut du flouze. De l'oseille. Du blé. Du fric, quoi !

Éberluée, Prudence, le cœur serré comme un poing prêt à frapper, déclara d'une traite :

— Mais… mais je n'ai pas d'argent. Pas un kopeck ! Vous vivez sur quelle planète ? Vous m'avez bien regardée ? Mon compte en banque est plus vide que vos têtes d'anchois. C'est simple, il sonne creux quand on crie dedans ! Je n'ai ni rente, ni coffre, ni bas glissé sous mon matelas. Quand bien même j'en ferais pas une affaire de principe, jamais je pourrais m'ouvrir un livret A ou me payer une bouteille de vin millésimé. Je ne possède rien. Ce pavillon ? Il appartient à Michelin. Mes vêtements ? C'est Albertine qui me refile ses nippes, elles-mêmes de seconde main.

Ma voiture ? Elle a plus de trente ans. Quasi quarante. À la fin de chaque mois, avec ma retraite de pauvresse, c'est à peine s'il me reste de quoi régler mes factures, m'acheter une grille de loto et verser mon obole au Planning familial. Sans le secours de ma petite-fille, mes dents seraient gâtées, j'entendrais rien et il est fort probable que je mourrais de faim.

Dans un long bruit strident de moteurs, un avion de chasse sorti de nulle part parut frôler le toit de la maison et imposa le silence. Quand l'écho se tut enfin, Prudence, qui avait repris son souffle, enchaîna, radoucie :

— Steeve, Lucas… je vous connais depuis que vous êtes nés. Quand j'assurais les suites de couches de vos mères à la sortie de la maternité, vous gazouilliez dans vos couffins juste à côté. Je vous ai vus tomber quand vous appreniez à marcher, jouer au ballon dans l'allée, rouler vos premières clopes derrière la haie du stade et peloter vos copines contre les murs de la maison de quartier. Albertine qui vous a langés, nourris et éduqués quand vos mères trimaient à l'usine est une sœur pour moi. Adolescentes, on suait sur la même chaîne chez Torrilhon. Pendant la guerre, on se crevait la patate ensemble au potager et quand on manquait de chicorée ou de charbon, on s'échangeait nos tickets de rationnement.

Puis, descendant encore d'un cran, Prudence conclut :

— Je suis sûre que vous ne feriez pas de mal à une mouche alors… s'il vous plaît, les garçons, jouez pas les gros bras avec moi : ça ne prend pas.

Mû par l'énergie du désespoir, Lucas éleva à son tour le ton.

— Vous pourriez arrêter de vous foutre de notre gueule, Prudence ? Albertine, votre meilleure copine, elle nous bassine depuis des années avec ces cadeaux d'une valeur inestimable que vous avez offerts à vos petits-enfants pour leurs sept ans. I-nes-ti-ma-ble. Ça s'imprime, ça, dans votre tête ?! Des cadeaux, ça s'achète, non ? Et, avec quoi ça s'achète ? Avec des plaques, de la fraîche, de la tune, de, de, de… de l'argent !

Pour s'assurer qu'ils avaient bien saisi ce que leur nourrice leur avait affirmé, Steeve et Lucas étaient allés chercher dans *Le Petit Robert* de la bibliothèque de la MJC la définition du mot « inestimable ». Un mot de plus de quatre syllabes, absent de leur vocabulaire ainsi que de celui de leurs copains de lycée.

« Inestimable : adj. Ce qui est impossible à estimer, à évaluer. Dont la valeur dépasse toute estimation. Exemple : un trésor inestimable. »

Quand elle comprit combien leur méprise était grande, tout s'éclaira et Prudence partit d'un grand rire gras. Un rire qui lui donna un air de démente. Un rire qui affligea Steeve et Lucas. Un rire qui hérissa Fidel le chat.

Plus habitués à tirer des câbles et désosser des douilles qu'à négocier avec une femme de soixante-dix-neuf ans dotée d'un caractère de feu, les deux apprentis électriciens ne savaient plus quels arguments avancer pour qu'elle craque. Ni la menace, ni la gentillesse ne fonctionnait. Mais quelle idée à la noix ils avaient eue de vouloir braquer cette vieille carne pour aller voir jouer à Metz l'équipe qui avait éliminé le Barça, 4 à 1 ! Vider les troncs cadenassés de Notre-Dame de l'Assomption un dimanche après la messe au nez et à la barbe du curé aurait été somme toute plus aisé.

— Vous avez un peu de temps devant vous ?

— On n'a que ça du temps, Prudence, soupira Lucas. On n'a que ça...

— Alors, détachez-moi les mains et allez m'attraper le paquet de Gauloises que j'ai planqué dans la boîte à sel en fer-blanc posée sur le frigo. Celle qui a des grosses fleurs jaunes, sous le baromètre à mercure. Profitez-en pour m'apporter un cachet d'aspirine et un grand verre d'eau du robinet. Les verres sont dans l'égouttoir en bois à droite de la bassine orange dans laquelle je rince ma vaisselle. Quand vous aurez fini, vous vous assoirez à table à côté de moi. Vous me donnez le tournis à gigoter comme ça.

De guerre lasse, Steeve et Lucas déposèrent les armes. Et allèrent même jusqu'à lui allumer sa cigarette avec un allume-gaz piqué de dizaines de petits points de rouille qui ne devait pas souvent servir. Prudence leur en sut gré. Elle se massa les poignets, inspira une longue bouffée de cigarette et fit une série de ronds parfaits. Quand elle se sentit enfin mieux, elle se redressa sur sa chaise, s'éclaircit la voix et déclara :

— Albertine ne vous a pas menti. Mais… elle ne vous a pas *tout* dit. J'ai bien fait des cadeaux « d'une valeur inestimable » à mes petits-enfants pour leurs sept ans mais… ce qui les rend *inestimables* n'est pas leur valeur pécuniaire : ils n'en ont aucune ! Ce qui les rend inestimables c'est leur immatérialité. Leur universalité. Leur portée symbolique. Personne ne peut les prendre, les saisir, les retenir ou les embrasser dans leur entièreté. Les évaluer, les vendre, les posséder, les négocier, les voler même serait vain ! Les mettre sous clef ou les exposer dans un musée, illusoire. Ils n'appartiennent à personne parce qu'ils appartiennent à tout le monde : à vous, à moi, à vos mères sur la tête desquelles vous jurez. À Barantin l'épicier, à vos profs de lycée, à vos copains du quartier. À vos voisins, au curé, au postier, au boulanger. Au rémouleur qui passe chaque mardi midi dans la rue avec son charreton branlant. À Prosper, le garde-champêtre. À votre entraîneur de foot, à la troupe de pompiers de la caserne d'à côté, à, à… aux fils Michelin, qui sait ! Il suffit de s'en emparer, de les dorloter, d'en prendre soin, de décider de les faire siens pour revendiquer leur propriété. Une propriété intellectuelle, morale et spirituelle. Et, c'est justement ça qui les rend si insolites, si appréciables, si… si… i-nes-ti-ma-bles !

Soucieuse d'être bien comprise, Prudence se leva avec précaution et sortit du tiroir du buffet un petit cahier à spirales fatigué. Sans trembler, elle le tendit aux deux garçons et leur intima l'ordre de rentrer le lire chez eux.

— Il y a quelques années, j'ai couché dedans mon histoire à travers les sept cadeaux immatériels que j'ai offerts à Marguerite, Hélène, Charlotte, Paul, Alice, Olivier et Béatrice. Ne le perdez pas, personne ne l'a jamais lu à part Albertine qui m'a sommée d'écrire un jour où j'étais d'humeur morose. Vous reviendrez me taper des sous quand vous l'aurez achevé.

Et d'ajouter, un brin narquoise :

— À moins que ça vous en coupe toute envie. À vous de juger !

Interloqués – et battus –, Steeve et Lucas s'exécutèrent, piteux.

Soucieuse de réconforter Fidel, Prudence vida une boîte de thon Albacore dans une assiette ébréchée qu'elle déposa dans le foyer de la cheminée.

Puis, elle entreprit de déballer son flan pâtissier.

Grand Hôtel de la Californie

Palace cannois édifié en 1876 par l'architecte Laurent Vianay pour le compte des promoteurs immobiliers du quartier de la Californie, Alexandre et Alfred Lacour.

Jamais je n'aurais un jour imaginé offrir un hôtel à ma petite-fille.

Pour les sept ans de Marguerite, j'avais plutôt envisagé de lui acheter la belle patinette rouge et dorée aperçue dans une allée des rayons jouets des Galeries de Jaude. Celle avec un klaxon en caoutchouc sur le guidon et un petit frein au pied. Celle sur laquelle j'aurais adoré dévaler, enfant, les ruelles escarpées du vieux Cannes.

Seulement voilà, en 1956, j'étais déjà fauchée. Très fauchée même.

Veuve depuis dix ans, j'assurais seule l'éducation de ma cadette, Mathilde, inscrite en hypokhâgne à Louis-le-Grand où elle était boursière. Mon salaire de sage-femme suffisait à peine à honorer le loyer de sa chambre et à financer ses rares extras. Imprégnée de valeurs humanistes – et bien sûr communistes –, je m'interdisais d'accepter l'argent de mes patientes les plus défavorisées. Soit la majeure partie de ma « clientèle ». Moralité : de mes tournées dans la campagne clermontoise, je revenais plus souvent encombrée de carottes, de beurre et de lait dans mes filets que de billets dans mon porte-monnaie.

Chez moi, chez nous, sept ans avaient toujours symbolisé un âge important. Le jour de mes propres sept ans, mon père Luigi, en déposant sur ma table de nuit les *Mémoires de Garibaldi* – un ouvrage tout à fait inadapté à une enfant tout juste sortie des jupons de sa mère – m'avait expliqué, dans son français panaché d'italien, que sept ans était *l'età del cambiamento* : un âge charnière. Cette conversation m'avait d'autant plus marquée que les échanges avec mon père, un homme pudique et mal assuré, n'étaient pas légion.

— *Mia bella principessa*, que t'évoque le chiffre sept ?

Prise de court – et tout émue d'être consultée –, j'avais évoqué en pagaille « les sept couleurs de l'arc-en-ciel, les sept jours de la semaine, les sept branches du chandelier de Miss Abrahamson qui occupait la suite Pétunia, les sept merveilles du monde et les sept portes du château de Barbe Bleue. À moins qu'il n'y en ait eu que cinq… ou six ? ».

— *Non importa amore mio !*

Fier de pouvoir étaler sa science, mon père, Luigi, « le macaroni », m'avait alors confié que le chiffre sept, tracé par la main de l'homme sur une feuille de papier, ressemblait à s'y méprendre à une faux de paysan.

— Qui dit faux dit mort, *tesoro mio*. Qui dit mort dit fin de cycle. Qui dit fin de cycle dit… renaissance, renouveau, éveil au monde et *tutti quanti* !

Ce qui suffisait à lui concéder, selon lui, un pouvoir surnaturel. Et magique.

Forte de cette croyance, je devais à tout prix me démarquer. Surprendre. Marguerite, ma première petite-fille, méritait un cadeau inventif et mémorable.

Parce qu'elle était précoce et éprise d'histoires – Jules Vernes et Dumas trônaient au sommet de son Panthéon livresque –, je me mis en tête de lui faire un cadeau qui, un, ne me coûterait rien et deux, me racontait, moi, sa grand-mère. Libérée de toutes contraintes pécuniaires, je laissai voguer mes pensées et m'autorisai tout et n'importe quoi : une spécialité culinaire, un château, un désert, une vedette de cinéma, un concept, une chanson de geste, un gourou, un astre, une bluette à la mode, un mont, un lac, un arbre, un sentiment, une marque, un slogan, etc. Qu'importe tant que cela m'incarnait.

Après moult réflexions – et mille hésitations –, je portai mon choix sur Le Grand Hôtel de la Californie. À mes yeux le plus beau de tous les palais cannois. Celui où j'étais née le 2 mars 1905. À charge ensuite pour Marguerite, de l'apprivoiser, de le choyer, de le protéger, de s'y créer – ou pas – des souvenirs pour perpétuer sa légende. Bref, de faire battre son cœur au diapason de ce palace devenu suranné. Comme quiconque le ferait avec une mère, un ami cher ou un vieil amant.

Construit par un riche homme d'affaires varois à la fin du XIXe siècle, Le Grand Hôtel de la Californie était un majestueux bâtiment néoclassique. Doté d'un ascenseur hydraulique, il comportait deux cents chambres et autant de salles de bains. Mais aussi, trois spacieux salons, une salle de bal monumentale, un fumoir, un billard anglais et une bibliothèque recensant plus de titres que toutes les bibliothèques du Puy-de-Dôme réunies. Ma pièce préférée était la salle à manger d'apparat. Ornée de gypseries sculptées, elle alignait une douzaine de lustres en cristal de Saint-Louis. Lorsque ma mère demandait qu'on les allume pour un dîner particulier, leur reflet dans les miroirs à mercure fixés aux murs lui conférait une atmosphère proche du sacré que je n'oublierai jamais. À mes yeux de petite fille, la Galerie des glaces de Versailles, reproduite dans mon manuel d'histoire, était une plaisanterie en comparaison. Ce palace – mon berceau, mon sanctuaire, mon nid – était le joyau du quartier de la Californie dont il tirait son nom. Symbole de l'élégance et du raffinement, il incarnait également le confort et la modernité.

Grand Hôtel de la Californie

Au Grand Hôtel de la Californie, le royaume de papa était le parc avec son cortège de palmiers, de cyprès, de pins parasols, de lauriers et de rosiers. Celui de ma mère, Yvonne, les suites et les chambres occupées par tout ce que comptait d'important le bottin mondain de l'époque – le maharaja de Kapurthala, le duc et la duchesse de Gramont, Paul Bourget, Rudyard Kipling. Elles devaient rutiler. Et se réinventer en fonction des humeurs et lubies de chacun de ses hôtes. Le leitmotiv de la maison était : vous êtes chez nous chez vous. Ordonnez, nous exécutons. Combien d'appartements ont été remeublés et retapissés de fond en comble pour satisfaire les extravagances de milliardaires de tous poils déterminés à recréer à des milliers de kilomètres de chez eux, leur *home sweet home* ?

Ma mère – préceptrice de métier – savait commander avec souplesse. Et doigté. Sa souveraineté, naturelle, était reconnue de tous. Sous ses ordres, lingères et femmes de chambre s'exécutaient sans broncher. Sous son « règne », les menaces et les cris étaient bannis.

J'ai pris mon temps avant de débarquer dans la vie de mes parents. Six ans très précisément. J'avais dû pressentir que mon passage sur terre ne serait qu'une longue suite de déchirements. Ou alors voulais-je leur laisser le loisir de ne s'aimer qu'à deux. De profiter de leur couple, de leur quotidien en amoureux. Augurant peut-être qu'il se fracasserait un jour sur la bêtise humaine.

Ma mère perdit les eaux dans la buanderie principale du palace, en plein triage de draps. Des draps de coton blanc, lourds et brodés, derrière lesquels j'apprécierais plus tard me cacher avec Edgard, le fils du directeur, pour croquer des pâtes de fruits aux saveurs exotiques chapardées dans les réserves de l'hôtel.

La légende soutient que je serais née en moins de vingt minutes. Et que mes vagissements auraient alerté tout le personnel de la maison dont Louison, une vieille fille acariâtre qui m'aurait coupé le cordon, baignée dans une lessiveuse encore pleine de savon, emmaillotée dans une taie de traversin et s'en serait retournée, comme si de rien n'était, dresser quatre bouquets d'amaryllis commandés par la réception pour honorer l'arrivée de la princesse de Savoie.

À l'aune de ce que sera mon destin, de mon si modeste quotidien dans ma maison Michelin, pousser ses premiers cris au Grand Hôtel de la Californie pourrait sembler déplacé. Ou incongru. Et pourtant. J'y aurais vécu comblée jusqu'à ma majorité, si la Grande Guerre n'était pas venue tout gâcher.

Je connais peu de choses du passé de mon père. Originaire de Turin, il aurait fui orphelin le Piémont pour gagner la France *via* les Alpes. Un peu comme Hannibal avec ses éléphants au IIIe siècle av. J.-C. Mais dans l'autre sens. Et seul. Par contre, sous les mêmes orages d'été. Des orages violents. Meurtriers. De ceux qui transforment les ruisselets en torrents, rendent les sentiers boueux et le moindre pas périlleux.

Débarqué à Grasse, en septembre 1889, il se serait fait recruter par les Agnel à treize ou quatorze ans. Sans recommandation ni papiers. Juste sur son regard franc, ses épaules carrées et son air obstiné.

Les Agnel – producteurs de fleurs et feuilles aromatiques, de père en fils, depuis le XVIIe siècle – fournissaient les plus illustres parfumeurs de Paris. Les nez les plus réputés aussi. Embauché dans un premier temps pour collecter les roses de mai – les moins belles mais les plus odorantes, celles qui servent à fabriquer les fragrances les plus remarquables –, papa se démarqua très vite. Beau comme un astre, dur à la tâche, il était de loin le plus solitaire et le plus précautionneux de tous les saisonniers de la maison. Il prolongeait chaque année ses contrats jusqu'à l'automne pour prendre part à la récolte des fleurs d'oranger, des violettes, des tubéreuses, de la lavande ou du jasmin.

Quand les premiers palaces investirent la *Riviera* – sous l'effet de l'extension des lignes de chemin de fer reliant Paris à l'Italie –, papa délaissa ses collines pour gagner la côte où la paye était deux fois plus élevée. Au printemps, il remontait chez les Agnel où l'intendant en chef lui transmettait l'art de semer, de planter, de tailler, de bouturer, de greffer tout ce qui pouvait germer, éclore et se déployer autour de la Méditerranée. C'est cet homme dont je ne connaîtrai jamais le nom qui fera de lui un authentique jardinier.

S'il était à coup sûr écrit quelque part que papa devrait un jour fuir la misère du Piémont, ma mère, Yvonne Joubert, n'aurait jamais dû quitter l'Allier où son arbre généalogique était enraciné à Vichy depuis le règne de François Ier – François Ier que je m'escrimais, petite, à appeler, « François Pommier ».

Yvonne y était née en 1877. Un an après Luigi. Aussi peu diserte que son futur mari, elle ne s'est jamais épanchée auprès de moi sur son enfance. Une enfance dans un premier temps placée sous le signe de l'allégresse. Puis, de la désolation – après la disparition de son père, dans un accident de calèche à Paris. En perdant sa raison originelle de respirer, sa mère commença à se faner et tira les volets de leur villa du quartier de France, une fois son mari enterré. Dans la foulée, elle se fit muter dans une école pour garçons à Riom et attendit que sa fille Yvonne atteigne sa majorité pour se donner la mort par pendaison, dans le réfectoire de l'établissement, où elle professait aux septièmes. Terrassée de chagrin, Yvonne s'expatria le plus loin possible de Riom. Dans une ville où rien ne pourrait lui rappeler ses parents. Dans une ville où les murs des immeubles et des maisons ne seraient pas gris comme la roche volcanique de Volvic. Mais bleus, orange, ocre et safran. Dans une ville où le soleil brillerait à foison et inonderait le cœur des hommes en toutes saisons.

Par l'entremise d'une agence de placement lyonnaise, Yvonne devint la préceptrice des enfants Agnel. Les Agnel chez qui Luigi cueillait, entre autres, les roses de mai.

Leurs regards se croisèrent une première fois au feu d'artifice de la Saint-Jean. Une deuxième fois, au bal du 14 juillet 1899. Une troisième fois, à la fête de fin de vendanges du Domaine de l'abbaye de Lérins. Ce dernier échange fut le bon. Faits du même bois, Yvonne et Luigi s'étaient reconnus : ils cachaient chacun une profonde fêlure, n'aspiraient qu'à s'épanouir, partageaient les mêmes valeurs, les mêmes bonheurs et… les mêmes peurs.

Ils régularisèrent leur union six mois plus tard en présence de leurs quatre témoins. Des témoins, ahuris mais ravis, abordés au hasard des allées du marché Forville parmi les étals de fleurs, de légumes et de fruits.

Leur nuit de noces, à la belle étoile, dans une crique à Théoule-sur-Mer, sur une courtepointe en velours grenat, fut d'un romantisme absolu. Le rosé, fruité, léger, coula à flots sous la voûte étoilée. Les yeux rivés au fil de l'horizon de la Méditerranée étale, ils assistèrent, saisis et grisés, à leur premier lever de lune rouge sang. Au petit matin, tirés de leur sommeil par le soleil cuivré, ils firent l'amour avec appétit. Tous les espoirs étaient désormais permis. Et pourtant.

Soucieux de se poser pour offrir un foyer stable à son épouse, Luigi se mit en quête d'une place dans l'hôtellerie, l'un des premiers employeurs de la Côte au début du XXe siècle. La rencontre entre Luigi et les Lacour eut lieu chez les Agnel. Deux entretiens plus tard, les propriétaires du Grand Hôtel de la Californie lui proposaient de venir prendre soin de leur jardin. Celui dans lequel était enceint leur palace. Yvonne l'y rejoignit au printemps 1901 en tant que gouvernante en chef. Les Lacour leur octroyèrent d'abord une chambre dans l'aile nord du bâtiment. Celle où étaient logés les employés, avec vue imprenable sur l'Estérel. À ma naissance, ils migrèrent dans un vrai appartement sous les toits, avec une alcôve rien que pour moi. Là où le panorama sur les îles Saint-Honorat et Sainte-Marguerite était à couper le souffle. Là où je me figurais des courses de voiliers les jours où le temps s'étirait avec langueur.

Unique enfant autorisée à vivre à l'hôtel à l'année avec ses parents, j'étais la mascotte du Grand Hôtel de la Californie. Ceux qui n'avaient pas de progéniture reportaient sur moi leur soif de maternité ou de paternité. Et ceux qui en avaient – placés le plus souvent en nourrice – aussi. On me pardonnait tous mes caprices et toutes mes impatiences qui étaient fort peu nombreux tant mes désirs étaient exaucés avant que je n'aie à les manifester. J'avais le monopole de la beauté, de la gentillesse et de la facétie. J'aurais pu devenir imbuvable mais ma mère veillait au grain et ne manquait jamais une occasion de me remettre à ma place. Parfois même indûment.

Les repas, pris en commun avec les domestiques, étaient les moments phares de ma journée. Longtemps, ils feraient partie de mes plus gais souvenirs d'enfance. De ces instants volés au cours desquels, véritable petite éponge, je commençais à me forger une culture politique et sociale. Les lubies des clients y étaient décortiquées sans concession. Les derniers potins de cuisines commentés avec gourmandise. Comme les coups de gueule de Jaurès dans *L'Humanité*, l'attentat manqué contre Aristide Briand, l'élection de Raymond Poincaré à la présidence de la République ou l'assassinat de l'archiduc François-Ferdinand.

En dehors des repas, mon ordinaire était plus monacal que festif. Chaque matin – dimanches et jours fériés exceptés –, ma mère me faisait l'école entre six heures et neuf heures. À la lumière de deux bougies, en murmurant, pour ne pas réveiller mon père. L'été, j'attendais, les yeux plissés, que les particules de poussière entament leur danse de Saint-Guy dans les premiers rayons de soleil ambrés. Quand elle me surprenait en train de rêvasser, ma mère tapait du plat de la main sur la petite table en bois qui me tenait lieu de bureau d'écolier. J'avais beau y être habituée, mon cœur me donnait chaque fois l'horrible impression qu'il allait s'échapper de sa boîte.

— Reste donc concentrée, Prudence. Ce n'est pas en louchant comme un singe que tu vas devenir intelligente !

Après le petit déjeuner – pris dans l'office avec la vieille Louison qui ne se levait jamais avant dix heures –, je noircissais au crayon de bois des pages d'exercices plus ou moins ardus et m'adonnais – en soupirant comme un veau – à la recopie de grands textes de la littérature française : Rabelais, Montaigne, Voltaire, Rousseau. Avant de me coucher, la tête farcie de mots et les doigts endoloris, je déroulais à un Luigi attentif et patient mes leçons apprises l'après-midi. Son français encore malhabile malgré les années – et les efforts d'Yvonne qui, pour le corriger, faisait montre d'une bien plus grande patience qu'avec moi ! – l'empêchait parfois de tout comprendre. Mais, qu'importe : c'est au rythme de mon débit et à la récurrence de mes bafouillis qu'il savait si je maîtrisais – ou non – les enseignements de ma mère. Et ses remarques, éclairées, précieuses, subtiles, tapaient chaque fois dans le mille. Cet homme était un magicien. Doublé d'un devin...

Entre mes différentes plages d'études – et mes cours de piano dispensés par une comtesse polonaise moustachue et sans âge, logée à l'année au Grand Hôtel de la Californie –, je jouais aux billes et aux osselets avec les enfants des clients les moins arrogants, trop contents d'échapper à la surveillance de leur *nanny*, *kindermädchen* et autres *nyanya* pour jouer avec moi au gendarme et aux voleurs dans les couloirs ouatés du palace. À force de les fréquenter, je pouvais tenir à huit ans une conversation en italien comme en anglais et possédais déjà de solides notions d'allemand, de russe et de polonais.

Les dimanches où il faisait beau temps – c'est-à-dire presque tous –, nous descendions en famille à La Bocca où je batifolais avec ma mère dans les vagues en tunique de coton blanc et pantalon bouffant. Quand mes parents obtenaient deux ou trois jours de repos d'affilée, papa me sanglait un coussin sous les fesses et m'installait sur le porte-bagages de son vélo pour gagner les sentiers de l'Estérel que nous gravissions ensuite à dos d'âne « pour faire briller les yeux de la petite ».

À l'extrême est de la côte, le petit village d'Èze était notre repaire secret. Trois heures et demie aller. Trois heures et demie retour. Sur le trajet, agrippée à la taille de papa, je m'emplissais les yeux de soleil, les oreilles du chant des cigales et les poumons d'air tiède. Un air tiède imprégné d'effluves de sel marin, de ciste et de romarin. Et c'est l'arrière-train endolori que nous jouions à cache-cache dans les ruelles de l'antique cité médiévale qui offrait – et offre toujours – le plus admirable tableau de la Côte d'Azur où, entre cactus, agaves et aloès, ciel et eau se confondaient jusqu'à la baie de Saint-Tropez.

L'éclatement de la guerre, au cœur de l'été 1914, prit tout le monde de court. Au Grand Hôtel de la Californie, le procès de Mme Caillaux – qui, pour laver l'honneur de son mari, avait assassiné le « très machiavélique directeur du *Figaro* » – avait depuis longtemps supplanté l'attentat de Sarajevo dans les débats. Et puis d'ailleurs, c'était où, Sarajevo ? Même les Lacour ne s'en souciaient guère. Alors nous…

Parce qu'il avait le malheur inscrit dans les veines, seul papa pressentit le pire.

— Ça peut te paraître loin tout ça, *mia cara bambola*, mais en réalité, c'est tout près. Tu serais *un uccello*… un oiseau, Sarajevo se situerait droit devant toi : Cannes, *Ancona*, l'Adriatique à traverser, Split et enfin terminus, tout le monde descend ! Pour le pire ou… pour le pire. La guerre est à nos portes, Prudence. Depuis le conflit franco-prussien, jamais l'Europe n'a été aussi proche de s'embraser. *L'Europa va a fuoco.*

Soixante-dix ans plus tard, je revois encore ses yeux remplis d'effroi lorsqu'il développait ses arguments. Des yeux noirs et pénétrants, qui produisaient des éclairs de feu et incendiaient mon cœur de petite fille.

— Les alliances, les mariages et les traités ont imbriqué… *intrecciati* les monarchies et les empires les uns dans les autres. Ils ne forment plus qu'un seul et grand bouquet de têtes couronnées et dégénérées pour moitié. Personne ne peut s'extraire de cette nasse : tout le monde est pieds et poings liés avec son oncle, son père ou son cousin issu de germain. *Il primo* qui partira à la guerre entraînera inexorablement son parent dans le *conflitto.*

L'ordre de mobilisation générale décrété à partir du 1er août 1914 le stupéfia néanmoins. Il avait beau redouter le drame, il espérait quelque part qu'il ne serait pas appelé. Naturalisé français depuis son mariage avec Yvonne, papa, qui ne demandait qu'à vivre en paix, dut une fois de plus tout quitter pour défendre sa nouvelle patrie.

— Il va falloir faire preuve de *pazienza… molta pazienza…* Contrairement à ce que tout le monde prétend, la guerre qui se profile risque de durer un paquet de temps. Si l'Italie et les États-Unis d'Amérique s'en mêlent, il y a même de fortes probabilités que la *guerra* devienne mondiale.

En moins d'un mois, le palace se vida de tous ses hommes en âge de manier un fusil. Et de ses bêtes aussi. Si le coq et les poules furent épargnés, la vache, son veau et les quatre chevaux n'échappèrent pas à la réquisition. Pour tirer les canons, transporter les troupes vers les zones de combat et remplir les gamelles des soldats. Aussi choquant que cela puisse sembler, je vis partir Henri, « mon » chien – ou plutôt celui de l'hôtel, un croisé berger allemand-malinois supposé faire déguerpir les voleurs, mais en réalité plus enclin à se rouler dans l'herbe avec moi qu'à courser les cambrioleurs – avec *presque* autant de peine que mon père. Sauf que lui, il fut mangé, rôti, un soir de grande disette – mon chien, pas mon père.

Restée seule avec ma mère, j'étais comme amputée. Et déboussolée. Dans le palace vidé de ses occupants partis se réfugier dans leur château, leur manoir ou leur hôtel particulier, tout faisait écho et chaque bruit rebondissait : la cuillère à café sur le parquet, ma plume sur mon cahier, la porte du garde-manger de plus en plus vide que l'on fermait désormais à clef.

À partir de janvier 1915, Mme Arlette – la femme du directeur parti réintégrer son régiment dans les Ardennes en octobre 1914 – dut s'accommoder pour faire tourner le palace de cinq femmes, un vieillard et deux enfants.

En proposant un hébergement à l'année aux populations belges et françaises ayant fui les zones de conflit, Le Grand Hôtel de la Californie parvint quand même à occuper la moitié de ses chambres. Ce qui était un peu plus glorieux que ses voisins de Nice, Cannes et Juan-les-Pins.

Au printemps 1916, pour remplir nos assiettes, les parterres de papa furent transformés en potager et du blé fut semé sur ses belles pelouses vert tendre. Celles qui faisaient jadis sa fierté. L'expérience, ratée, resta sans lendemain. Dommage quand même. Alors que depuis le début de la guerre, j'avais tout le temps faim, je jubilais à la perspective de cuire du pain.

Les lettres de mon père, ouvertes par la censure, nous parvenaient au compte-gouttes et expurgées de leur contenu le plus intime. Et le plus criant. Ses permissions annoncées puis reportées étaient annulées les unes après les autres. Sans explication ni excuse. Les nouvelles du front, quand on savait lire entre les lignes, avaient de quoi faire frémir et désespérer la frange la plus optimiste de l'humanité. Fidèle à elle-même, ma mère se refusait au moindre commentaire. Alors que moi, du haut de mes onze ans, j'étais en pétard contre la terre entière.

Le 29 août 1916, deux gendarmes à la mine déconfite firent résonner la clochette de la réception du Grand Hôtel de la Californie pour nous annoncer « la disparition de Luigi Agostino » lors de la bataille de la Somme. La « disparition » et non le « décès » puisque son corps n'avait pas encore été identifié et qu'aucun témoin ne pouvait « attester l'avoir vu mort ». Mais comme il n'avait pas rallié son bataillon après l'offensive et que les deux tiers de ses compagnons avaient été, comme lui, éparpillés au champ d'honneur, « les présomptions qu'il ne soit plus de ce monde étaient puissantes ». Sur le document signé par le maire de Grasse – où papa était encore étrangement domicilié –, nous devions nous satisfaire d'un « décédé ». Sans lieu, ni date, ni mention « pour la France ». S'il y avait pourtant bien un homme qui avait sacrifié son existence « pour la France », c'était mon père, « le pauvre petit immigré italien » naturalisé français.

Sentant poindre le cataclysme qui avait anéanti sa propre mère à la mort de son père, ma mère – qui voulait me prémunir de ce qu'elle avait subi – s'éclipsa en silence. À pas lents. Dents et poings scellés. Elle n'avait pourtant qu'une envie : ouvrir les vannes. Et hisser les voiles. Pour échapper à ce qui l'attendait : cette solitude qui serait désormais la sienne ; les condoléances appuyées des voisines et des employés ; cette maison où rien, rien ne serait plus jamais comme avant.

Les deux gendarmes partis, je me laissai tomber sur l'un des deux grands canapés de velours rouge de l'entrée. Malgré la réalité des faits, de leurs propos, je n'appréhendais pas les conséquences qu'impliquait ce désastre. J'étais juste abasourdie. Et assommée. Comme lorsque j'étais tombée d'un olivier sur la tête en voulant épater Edgard qui me croyait incapable d'escalader un arbre à mains nues « et en roooobe ?! ».

Avant de se retirer – et d'ânonner une nouvelle fois les deux ou trois formules apprises par cœur pour l'occasion –, les représentants de la République m'avaient remis une boîte de bêtises de Cambrais cabossée. Excavée de la cagna où papa se terrait depuis des mois, elle contenait ses effets personnels. C'est-à-dire rien. Ou presque : une montre gousset, deux dés, un portefeuille en cuir marron, une tabatière en bois sculptée, un rasoir et un blaireau, trois boutons de nacre, un canif, une série de cartes postales et un portrait de moi à un an, assise le dos bien droit sur un trône de poupée, dans le studio d'un prestigieux photographe de Nice.

La censure n'avait pas pensé à – ou osé ? – brûler son ultime lettre. Encore moins à la caviarder. Je ne pus résister bien longtemps à l'envie de la lire – après tout, elle m'était aussi adressée –, d'une traite de peur qu'un adulte ne m'arrête.

Longtemps je regretterais ce geste.

« Vendredi 11 août 1916
Mon épouse, ma petite fille,

C'est mon ami André Constant, greffier au ministère des Postes et des Télégraphes dans le civil, qui écrit pour moi ce soir. À force de ne plus dormir que par plages de dix minutes mon cerveau fonctionne au ralenti et j'en oublie mon français.
Mes femmes, vous ne me reconnaîtriez pas. Et peut-être moi non plus tant cela fait longtemps que nous ne nous

sommes ni vus ni touchés. Je n'ose m'imaginer à quel point tu as dû changer ma petite Prudence. Tu dois être devenue une vraie demoiselle.
Pour ma part, il me paraît, lorsque je me palpe et m'inspecte, que je ressemble de plus en plus à l'adolescent décharné que j'étais lorsque je suis arrivée à Menton. Mes côtes sont saillantes, les muscles qui me permettaient de bêcher et piocher au jardin sans jamais éprouver la fatigue ont diminué de moitié et mes yeux, fiévreux, sont comme enfoncés dans leurs orbites de plus en plus grandes et profondes. Par contre, il me reste encore mes godillots et mes chaussettes. Cela fait d'ailleurs trois semaines que je ne les ai pas retirées. Pas le temps. Pas l'énergie. Plus l'envie. J'appréhende l'état de mes pieds lorsque je les libérerai.
Le quotidien ici est dur. L'air vicié. Il pue l'entassement des corps, la transpiration, l'étoffe mouillée, le cuir moisi, la merde, la pisse, le suif, la sueur, le tabac froid, le soufre des obus, la peur. Les rats, affamés, agressifs, épais comme des lièvres, sont partout. Ils rôdent, prêts à nous dévorer les viscères et les orteils à la première distraction. Quant aux parasites, ils se nourrissent sur la bête. On se gratte comme des enragés, à se rendre fou. Notre peau n'est plus que croûtes de sang caillé et de saletés.
Au crépuscule ce matin, j'ai tué trois Boches. « Tuer » est devenu le maître mot de notre histoire. Nos chefs nous répètent d'ailleurs à l'envi qu'il faut tuer pour survivre. J'ajouterais à cela qu'il faut vivre pour tuer. En tout cas, c'est ainsi que je ressens chaque minute de cet enfer. Pour autant, je ne m'y habitue pas. Par chance – et pour une fois –, cette dernière offensive nous a fait gagner

trois kilomètres et demi dans les lignes allemandes. Elle nous a aussi fait perdre un millier d'hommes sur le front d'attaque. Quelle connerie.
À cause du – ou grâce au – petit curé qui nous rend visite dans nos tranchées quand on est au plus bas, je me suis surpris à prier pour mes camarades morts au combat ainsi que pour les centaines d'Allemands que j'ai arrachés à leur femme et à leurs enfants. Naïvement je me dis qu'ils feront peut-être un jour de même pour moi. Amen.
Depuis deux mois, les obus et les mines pleuvent sur nos têtes avec plus de virulence encore qu'au printemps. Ils détruisent tout sur leur passage : les maisons, les églises, les fermes, les bergeries, les gares, les hôpitaux, les marchés couverts et le peu de végétation qu'il reste. C'est la désolation. Quel que soit le lieu où mon regard se porte, tout n'est que ruines et ravages. Le terrain qui nous entoure ressemble à un gros morceau de lune tombé ici-bas. Partout des cratères qui se touchent, se succèdent et se chevauchent comme dans les images de lune du cinématographe de Méliès. Et des cadavres qui se délitent et pourrissent sur une terre gorgée de sang mêlé, allemand et français.
Vous seriez étonnées d'apprendre que si nos journées sont abominables, nos nuits le sont tout autant. Impossible de fermer l'œil. Il faut être prêt à chaque instant : prêt à se lever, prêt à saisir notre barda, prêt à dégainer, prêt à attaquer, prêt à courir sans jamais se retourner, prêt à tirer dans le tas, prêt à crever.
Depuis que la bataille a commencé début juillet, la chaleur est caniculaire. Il me semble que le soleil tape plus fort ici

que dans notre Midi. Et même qu'en Italie. Dans le boyau où nous végétons, on a l'impression d'être dans une galerie de charbon mais sans ventilation. Quand le vent souffle, il est bouillant et nous suons comme des cochons sous nos capotes en laine. Pour autant, notre caporal nous interdit de les retirer. Et même de les déboutonner ! À propos de nos uniformes, on nous a rajouté un couvre-casque pour masquer la brillance de nos Adrian qui faisaient de nous des cibles trop évidentes. Avec les copains, ça nous fait rigoler tant c'est vain : on tire tous à l'aveugle, les yeux fermés par crainte de croiser le regard de nos ennemis qui en font tout autant.

Sinon, on mange de moins en moins – ce qui pourrait expliquer ma maigreur – et on boit de plus en plus. Un pinard dégueulasse venu du Sud-Ouest et de nos colonies africaines – vous avez remarqué, je dis « nos » depuis que je combats pour la France. Cette infâme vinasse surnommée « le quart du poilu » est devenue, au fur et à mesure de notre enlisement, le cinquante centilitres puis le soixante-quinze centilitres du poilu ! Elle tord les boyaux et file la chiasse mais je dois admettre qu'elle met le cœur à l'ouvrage. Comme la musique qui couvre le bruit des canons, les plaintes et les vagissements de douleur et d'agonie des soldats. Depuis un mois, elle est de plus en plus présente dans les tranchées, que ce soit avec les chants patriotiques, les refrains à la mode revus à la sauce poilue ou les instruments que nous bricolons avec ce qui nous tombe sous la main : des gamelles, des casseroles, des marmites, des caisses en bois, des bols, des cuillères, des louches, des perpétuelles, des verres ébréchés.

Sinon, je vous remercie pour le colis de friandises reçu la semaine dernière. Avec lui, je suis devenu le fournisseur officiel de biscuits et de bonbons de tout le bataillon. Ce que j'aimerais recevoir pourtant plus que tout au monde, c'est une lettre, non de vous – bien que vous me manquiez tragiquement – mais de mon commandement. Une lettre qui m'annoncerait que je pourrais descendre quelques jours en permission. Comme je voudrais te serrer dans mes bras, ma chère épouse, retrouver un peu de légèreté, faire de la bicyclette avec Prudence, reprendre en main mon jardin. Est-ce que vous allez bien ? Mangez-vous à votre faim ? Avez-vous des nouvelles de Lucien, de Jacques, de Paul, d'Ernest, de Michel, d'Ambroise, de Côme, de Victorin et de tous les autres ?

Essayez de ne pas trop ruminer toutes les horreurs que je vous ai décrites. Je ne veux pas que vous enduriez ce que j'endure par ma faute même si je n'y suis pas pour grand-chose.

Prends grand soin de toi, Yvonne. De Prudence aussi. Et vice et versa. Vous êtes chaque jour dans mes pensées. Et la seule et unique raison qui me permet encore de tenir, c'est de savoir que j'ai une femme et une fille qui m'attendent à l'ombre du Grand Hôtel de la Californie.

J'espère être à vos côtés très bientôt.

À bientôt, ma délicieuse Yvonne,

Occupe-toi bien de ta maman ma Prudence chérie,

Vi amo cosi tanto,

Luigi

Papà

P.-S. : Soyez assurées que, même si je ne devais jamais revenir, d'où que je sois, je veillerais sur vous pour l'éternité. »

Le lendemain de ce jour si cruel, ma mère disparut près d'une semaine. Pour m'éviter de paniquer, elle me griffonna un mot au crayon de bois sur une enveloppe qu'elle déposa sur mon oreiller. Un mot court et âpre, à l'image du comportement qu'elle adopterait à l'avenir pour ne pas couler.

« *Prudence,*
Bien que tu n'aies que onze ans, je considère que tu es assez grande pour comprendre que j'ai besoin de pleurer seule Luigi. Notre affliction ne peut être la même : tu as perdu un père, moi un mari. Nous allons devoir chacune parcourir notre propre chemin de deuil. Ne compte pas sur moi pour t'aider. Ce n'est ni de la méchanceté, ni de l'égoïsme, c'est juste que j'en serais bien incapable, ne sachant déjà pas comment me porter moi-même. J'ai examiné la possibilité de me pendre cette nuit, comme ma mère l'a fait après la mort de mon père. Ne voulant pas te faire subir ce que j'ai subi dans ma jeunesse, j'y ai renoncé. Pour toi, Prudence. Je dois désormais définir la ligne de conduite à tenir pour m'en sortir. Et donc nous en sortir. Si tu as besoin d'aide, va la quérir dans les bras de la vieille Louison qui depuis qu'elle a quitté Le Grand Hôtel vit chez sa nièce, Colombe, dans une maison de pêcheurs près du port. Elle a l'air revêche comme ça mais elle a de l'amour à revendre bien plus que tu ne le crois. C'est elle qui t'a fait naître, elle qui a coupé ton cordon et

je sais qu'elle en garde pour toi une profonde tendresse. Elle saura trouver les mots pour te consoler. Des mots que je n'ai pas et que je n'aurai probablement jamais plus tant mon cœur est devenu sec et mon âme noire.
Sois courageuse,
Ta mère qui t'aime et t'aimera toujours,
Yvonne »

Après une nuit blanche déchirée de fulgurances, ma mère enfourcha son vélo et entama un long pèlerinage. Un pèlerinage qui la conduisit à Èze *via* Grasse, Théoule-sur-Mer, l'Estérel, les îles Saint-Honorat, Sainte-Marguerite et Nice. Elle fit ses adieux à la côte, à la montagne, à la mer, à cette extase unique partagée dans ce si beau Midi avec l'homme de sa vie. Elle engloutit les kilomètres jusqu'à l'éreintement, la missive de Luigi glissée dans son corset. Elle se nourrit de rien – de figues rabougries, de raisin vert, de mûres arrachées aux ronces – et dormit à même la terre, sur des aiguilles de pin, bercée par les bruits de la mer et de la nature, à l'abri des grands eucalyptus qui exhalaient la nuit leur puissante odeur de menthe poivrée. Enroulée dans la belle courtepointe grenat de sa nuit de noces qu'elle avait pliée et fixée à son porte-bagages, elle s'accola au flanc imaginaire de son Luigi.

Comme ma mère le présupposait, Louison sut trouver les mots pour éteindre l'incendie qui couvait en moi. Dans ses bras décharnés et flétris – qui pourtant me serraient avec vigueur –, je déverrouillai enfin mon cœur et versai mes premières larmes. Des larmes de sang, d'amertume et de dégoût. Petite fille devenue adulte par la force des choses, je verbalisai mon amertume, mon dépit et mes tourments. Louison, la vieille femme au visage si dur, si fermé fit preuve d'une étonnante maternité. Contre son sein qui n'avait jamais transmis la vie, je repris espoir et me convainquis qu'avec un peu d'efforts et beaucoup de bonne volonté, ma mère et moi pourrions peut-être demeurer encore un peu au Grand Hôtel de la Californie où mes parties de jeux, mes fous rires et mes silences complices avec papa hantaient chaque pièce.

Trois jours après son retour à Cannes, ma mère me convoqua dans la buanderie. Celle-là même où j'étais née onze ans plus tôt. Agrippée telle une naufragée à ses panières en osier, elle m'asséna d'une voix blanche mais résolue :

— J'ai remis hier soir ma démission à Mme Arlette et elle a eu la bonté de l'accepter. Nous levons le camp le 30 de ce mois. J'ai adressé un télégramme à Céleste, la sœur aînée de ma mère qui vit à Riom. Même si je déteste cette ville, on va y vivre quelque temps : ses trois fils sont mobilisés et elle nous offre l'hospitalité. Elle m'assure que le travail ne manque pas en Auvergne. Les instituteurs en âge de se faire tuer sont tous au front. L'Éducation nationale ne sait plus où donner de la tête pour trouver du personnel qualifié. Et…

— Mais…

— Ne m'interromps pas, s'il te plaît, quand je parle. Tu peux commencer à dire au revoir à ceux que tu aimes. Si tu ne souhaites pas te retrouver orpheline de mère après avoir été orpheline de père, ne prononce plus jamais le prénom de celui sans lequel tu ne serais pas. Il n'existe désormais plus pour moi à part dans mon esprit. C'est la dernière fois que tu m'entends te parler de lui. Et j'attends que tu fasses de même. Ces dispositions peuvent te paraître épouvantables mais c'est pour notre bien à toutes deux.

La dernière fois que je suis retournée au Grand Hôtel de la Californie, ce cocon si parfait, si privilégié et si huppé que je n'assumerais pas complètement en grandissant – et en me politisant – remonte à l'année de mes cinquante ans. Il y a vingt-neuf ans…

Pour fêter mon demi-siècle, mes filles Jeanne, Valentine et Mathilde m'avaient organisé une fugue à Milan où se jouait *Nabucco* de Verdi. Comme beaucoup d'Italiens, mon père adorait chanter. Et chantait bien. Des *canzoni*. Des rengaines. Des airs d'opéra aussi. Comme *Le Chant des esclaves* qui faisait référence aux aspirations révolutionnaires de ses ancêtres piémontais. Pour honorer Luigi, maintenir un lien invisible – parce qu'interdit – avec lui, j'avais pris l'habitude de l'écouter sur mon phonographe italien – un Pathé Marconi, offert par Fernand, mon mari, pour mes vingt ans.

Je n'aurai jamais assez de mots pour traduire ce que je ressentis en voyant pour de vrai des artistes déclamer, chanter et jouer un livret que je connaissais par cœur mais qui, pour la première fois de ma vie, prenait forme sous mes yeux écarquillés. Émue, sonnée, je sortis du théâtre portée par ce spectacle impérissable. Fières de l'effet qu'avait produit sur moi leur cadeau, mes filles – pour une fois – se taisaient. Reconnaissante, je savourais l'instant pour faire durer le plaisir.

C'est alors que je crus recevoir un double coup de couteau dans le dos, pile poil entre mes omoplates. Électrisée, je pivotai sur moi-même pour savoir qui m'avait planté ces deux banderilles. Je tombai alors sur une gravure de mode en smoking tétanisée. Je le reconnus immédiatement à la symétrie parfaite de ses traits et à son teint hâlé. Surgi d'un lointain passé, il s'appelait Adrian Friedman. Je lui avais fait franchir la ligne de démarcation, une nuit, au nord de Moulins, en juillet 1942, alors que j'étais engagée dans un réseau de Résistance.

Pour lui laisser le temps de reprendre ses esprits, je décidai de rompre le silence et expliquai aux filles les circonstances de notre rencontre. N'ayant d'yeux que pour lui, elles ne m'écoutaient que d'une oreille. Et pour cause : impossible pour elles de se figurer que nous puissions nous connaître pour de vrai.

Comme dans une bande dessinée, je pouvais lire les bulles de leurs pensées.

« Mais comment peux-tu, toi, insignifiante et pauvre sage-femme auvergnate, faire cet effet à un homme aussi chic et bien bâti ? »

Cela aurait été vexant si je ne les avais pas trouvées attendrissantes.

Adrian Friedman me fit taire au bout de quelques secondes en apposant avec délicatesse son index sur ma bouche.

— Pardonnez-moi, Prudence, mais vous m'obligez à rectifier vos propos. Je ne peux accepter que vous minimisiez à ce point les risques que vous avez courus pour moi.

À ces mots, je vis les yeux de mes filles prêts à sortir de leurs orbites ! Pour ma part, paniquée à l'idée de ce qu'il allait leur narrer, je m'apprêtais à le supplier de se taire lorsqu'il enchaîna d'une voix grave et douce mâtinée d'accent américain :

— En préambule, il faut que vous sachiez, mesdemoiselles ou… mesdames, que sans votre mère j'aurais, comme toute ma famille, fini dans un four à Pitchipoï. Si je suis devenu l'un des compositeurs de musiques de films les plus sollicités d'Hollywood, c'est parce qu'elle n'a pas craint de me porter un jour secours. Je lui dois donc ma vie. Pour ne pas dire *la* vie. Jugez plutôt.

Son récit, détaillé à l'extrême, nous mobilisa dix bonnes minutes.

Jeanne, Valentine et Mathilde, auprès de qui je ne m'étais jamais vantée de mes faits d'armes, étaient interloquées. D'autant plus interloquées qu'elles ne savaient pas ce que signifiait le terme « Pitchipoï ». Quand Adrian leur expliqua qu'il s'agissait du surnom yiddish, imaginaire, donné aux camps de la mort par les Juifs internés à Drancy, elles finirent de tomber des nues.

— C'était donc vrai, ce qu'on racontait dans la cité, maman ? Tu as résisté ? Comme papa ? Mais pourquoi tu nous as toujours caché ça ?

Le regard coulé dans celui d'Adrian que l'émotion étranglait, j'étais pétrifiée. Mais mes filles insistaient.

— Et cet homme exquis et célèbre qui vit en Amérique te doit d'être là, debout et entier, devant nous ?

Jeanne, Valentine et Mathilde me tannèrent pour que j'accepte de l'accompagner dîner chez Bœucc où l'attendait *il maestro*. Celui-là même qui venait de diriger le chœur et l'orchestre de La Scala. Ayant depuis longtemps perdu l'habitude de fréquenter les restaurants, je déclinai d'un ton sec. Face à ma détermination, Adrian capitula mais me fit jurer de le rejoindre à Cannes deux mois plus tard.

— Je dois monter les marches avec l'équipe d'un film anglais pour lequel j'ai travaillé l'année dernière et qui sera en compétition le 27 avril. Ça fait des années que je vous cherche partout, Prudence. Je n'avais pour vous retrouver que votre surnom de résistante. Et votre prénom, original, certes, mais insuffisant. Ne vous dérobez pas, s'il vous plaît. Je ne m'en relèverais pas.

Pour s'assurer que je ne me défilerais pas, mes filles notèrent leurs adresses sur l'un de leur programme – en l'occurrence sur celui de Valentine, qui, comme chaque fois, se sacrifiait au profit de ses sœurs.

Elle avait le téléphone dans son magasin d'électroménager depuis trois semaines et lui adjoignit son numéro à six chiffres tout neuf.

— N'hésitez pas à passer par moi pour contacter maman : il ne sonne presque jamais de toute façon. Je décrocherai du premier coup sachant que ce sera vous !

Adrian dit « oui » à tout avant de se glisser dans une Fiat 1400 blanche qui l'emporta loin de nos yeux ébahis.

Un dimanche matin d'avril, alors que je m'apprêtais à rendre visite à un détenu à la prison de Riom – mon nouveau « sacerdoce » depuis la mort de Fernand et l'envol de mes filles –, Valentine débarqua tout excitée dans mon salon.

— Adrian m'a appelée cette nuit à trois heures ! Il avait mal calculé le décalage horaire entre chez lui et chez nous. Christian écumait. T'aurais dû voir ça. C'était à se plier de rire ! Mais je l'ai tout excusé, tu penses ! Tu sais qu'il habite Los Angeles, comme Elizabeth Taylor et Clark Gable ? Tu te rends compte, un peu ? Il m'a dit de te dire qu'il t'envoyait vendredi une voiture pour que tu descendes profiter de Cannes et de son nouvel appartement, quelques jours avec lui. Il m'a aussi dit de te préciser qu'il s'occupait de tout, que tu pourrais coucher dans sa chambre d'amis et que tu n'aurais rien à dépenser. N'est-ce pas formidable ?

Mon instinct premier fut de hurler « non ! ». J'avais eu tant de mal à me remettre de la mort de mon père, à laisser derrière moi Le Grand Hôtel de la Californie, à m'accoutumer au climat auvergnat, à ses pluies et ses hivers si froids, qu'il était hors de question que je remette un pied dans la région.

Mais Valentine insista. Puis Jeanne. Et enfin Mathilde. L'occasion était trop belle, « exceptionnelle » ; ça ne me coûterait « pas un radis ! » ; il était temps pour moi de « renouer avec le Midi » ; cet homme avait le droit de me remercier pour ce que j'avais fait pour lui ; je croiserais peut-être Spencer Tracy, etc.

À force de me grignoter le cerveau, mes trois filles l'emportèrent : je consentis à rendre visite à Adrian à la condition expresse de ne pas y rester plus de quarante-huit heures. Négliger mes patientes au-delà aurait été indécent. D'autant que nous venions déjà de folâtrer trois jours à Milan.

Le 26 avril 1955, un imposant cabriolet Citroën 15/6 H Chapron – le même que celui du président René Coty – se gara devant la maison. Toute la cité était en émoi. Une si belle voiture dans le quartier relevait de l'inédit. Même les Michelin ne roulaient pas dans une limousine aussi luxueuse. Estomaquée par tant de signes extérieurs de richesse, moi, la veuve de Fernand, la militante communiste, la *pasionaria* féministe, je n'avais qu'une préoccupation : prendre la poudre d'escampette. Poussée par mes trois filles, je m'engouffrai dans ce véhicule qui ne me ressemblait pas et m'assis… devant, à côté du chauffeur en livrée. Je subodorais bien à son air gêné qu'il préférait que j'investisse la banquette arrière mais ma grimace renfrognée lui coupa toute envie de négocier.

En parcourant à l'envers la route empruntée trente-neuf ans plus tôt avec Yvonne, je laissai affleurer le passé. Mes adieux à Louison, à ma professeure de piano moustachue et sans âge. Aux femmes de chambre de l'hôtel. À Mme Arlette. À Edgard. Aux Lacour et aux Agnel. Au jardin parfumé de mon père. À la mer, au mistral, aux cigales et aux grillons.

À Fréjus, le soleil de la Côte d'Azur, très blanc, très violent, m'aveugla et me fit comprendre que j'avais accosté à bon – ou mauvais ? – port. Au risque de me blâmer plus tard, je demandai à mon chauffeur de décapoter le cabriolet et m'enivrai du roulis des vagues qui remontait le long de la falaise. Les embruns me picotaient les narines. Les effluves d'immortelles me chaviraient. L'air embaumait le miel, l'huile d'olive, la sarriette et le poisson grillé. Dieu, que c'était bon. Enhardie, rajeunie, ragaillardie, je sortis de mon sac un foulard à pois que je nouai sur ma tête. Comme Grace Kelly en couverture de *Point de vue, images du monde*. Mon reflet dans le rétroviseur me parut soudain dix ans de moins.

C'est après que les choses se gâtèrent.

À ma plus grande stupéfaction, mon chauffeur me déposa devant Le Grand Hôtel de la Californie – absorbée par mes pensées, abusée par les nouvelles constructions sorties de terre depuis notre fuite en 1916, soit près de quarante années plus tôt, je n'avais pas vu le coup arriver. Acte manqué ? J'apprendrais par la suite que mes filles savaient qu'il en serait ainsi. Et qu'elles avaient résolu de me le cacher. Pour, soi-disant, me faire la surprise. Une surprise à laquelle j'aurais préféré me préparer. Une surprise dont je me serais surtout bien gardée.

Comment avaient-elles osé transgresser le serment que je m'étais fait de ne plus jamais y retourner ? Pour me prémunir de la catastrophe imminente, je m'enfonçai de tout mon poids dans mon siège capitonné en fixant le bout de mes souliers.

Pris en tenaille, mon cœur m'ordonnait de rester. Et ma raison de décamper.

Je savais au fond de moi que si je m'extrayais de l'habitacle protecteur de cette grosse Citroën, il me faudrait affronter mes vieux démons refoulés depuis tant d'années. Et pourtant je sortis. La main en visière, je commençai par jeter un coup d'œil timide au jardin. À première vue, rien n'avait bougé : le haut portail s'ouvrait toujours sur la propriété, les orangers portaient leurs fruits gorgés de sucre, les corbeilles de fleurs sculptées, les rochers artificiels et les bassins où les oiseaux venaient s'abreuver avaient conservé leur magnificence. La façade blanche, avec sa grandiose marquise, son décor de caryatides, de médaillons, de palmes et de guirlandes, avait tenu face aux assauts du temps.

J'avais oublié combien Le Grand Hôtel de la Californie était somptueux.

Rassurée – aveuglée ? –, je pénétrai, avec solennité, dans le large hall d'entrée. La majeure partie de son mobilier ainsi que son grand escalier avaient été préservés. Je me revis soudain le descendre au bras d'Edgard lorsque nous jouions à nous marier. Je me réentendis aussi le vouer aux gémonies le jour où je l'avais dévalé sur les fesses et m'étais fêlé la clavicule à cause de « ses idées de crétin » !

Une jeune femme en jupe tailleur derrière un comptoir me demanda qui j'étais venue voir. En apercevant une centaine de boîtes aux lettres en bois alignées, je compris que le palace n'avait pas résisté à l'offensive de la Seconde Guerre mondiale. Aux outrages de l'occupation allemande. À la réquisition américaine. Il avait été transformé en résidence privée, et seule la bibliothèque – dépossédée de ses milliers de livres – avait été préservée.

— M. Friedman m'a chargée de vous prévenir qu'il serait en retard et vous prie de bien vouloir l'excuser. Il est au Carlton en interview avec un reporter de *Nice-Matin* et devrait être là dans moins de deux heures. Il m'a aussi recommandé de vous installer dans son appartement en vue de son retour imminent.

Je libérai mon chauffeur et suivis ma jeune hôtesse. L'ascenseur hydraulique, la salle de bal, les salons, le billard, l'office, les cuisines… tout avait disparu. L'appartement d'Adrian, en partie situé dans l'ancienne salle à manger, finit de m'achever : il ne présentait plus rien de familier à quoi je pouvais me raccrocher. Restée seule, je me jetai sans grâce sur le lit de la chambre d'amis. Pitoyable, je ruisselai et hoquetai, morveuse, comme un bébé. Mon passé n'était pas mort. En dépit des années écoulées, des épreuves traversées et des joies retrouvées, il n'était pas digéré. Tout émergeait de nouveau : la dernière lettre de mon père, son corps martyrisé, les tranchées, la terre ensanglantée, le sifflement des balles. La fugue d'Yvonne, son égoïsme, son impassibilité, son âpreté. Mon arrivée à Riom, Sainte-Thècle, Berthe de Roquemaurel, Mlle Nourisson, mon hospitalisation forcée pour « perte de l'appétit chronique et mise en danger de sa propre vie ».

Consciente de l'énorme ânerie que j'avais commise en revenant au Grand Hôtel de la Californie, je présumai que si je restais une heure de plus dans cet appartement, je risquais de me briser.

Pour qu'Adrian n'alarme pas mes filles – qui n'auraient pas manqué de se rendre au commissariat le plus proche –, je rédigeai trois lignes d'excuse au dos d'un *Life* abandonné sur le minibar en ronce de noyer. Tant pis s'il était blessé. Ou déçu. Ou vexé. Ce jour-là, je sauvai ma peau. Et mon équilibre mental.

Histoire de boire ma coupe jusqu'à la lie, je fis le tour du propriétaire. De mon enfance, il ne restait goutte. La table ovale en marbre, les chaises en résine, la bibliothèque – vide – en aluminium, les stores à lattes, le tapis façon Fernand Léger, le poste de télévision Radiola, le frigidaire américain, le grille-pain, le Peugimix, m'agressaient. Et me pressaient de déguerpir.

Je pris mes jambes à mon cou et descendis la colline de la Californie comme si le diable me troussait.

Ma valise, pourtant légère, m'échappa des mains plusieurs fois. Incapable de fixer mon attention sur quoi que ce soit, je me pris les pieds dans les pavés anciens et irréguliers et me tordis la cheville. Claudicante, je hélai le premier taxi venu et me fis déposer au port dans l'espoir de retrouver la maison de Colombe, la nièce de Louison, chez qui j'avais puisé tant de réconfort quand papa était mort. Je découvris en lieu et place de sa bicoque rose fané un hôtel tout juste sorti de terre, aux murs jaune miel, avec des volets bleu lavande. J'y louai une chambre pour la nuit. Trop surmenée pour négocier quoi que ce soit, je titubai jusqu'à ma couche et m'y laissai tomber comme une pierre. Sans tenter d'amortir ma chute.

Le soleil qui filtrait par les raies des persiennes me réveilla aux aurores. Pour me protéger de cette aveuglante lumière, j'enfonçai mon front et mon nez dans mes oreillers et me rendormis. J'avais la tête dans un étau et la bouche pâteuse, comme après une soirée trop arrosée.

L'odeur du café chaud me tira de ma torpeur vers neuf heures et m'indiqua que la patronne était sur le pont. Après une douche glacée qui me remit d'aplomb, je lui demandai l'autorisation d'utiliser son téléphone pour appeler Valentine au magasin.

Ma fille était hors d'elle. Et rongée d'inquiétude. Adrian ne cessait de l'appeler depuis la veille et Christian avait fêlé le combiné en l'écrasant contre le cadran au dix-septième coup de fil.

— Maman, ton musicien est comme fou : il te cherche partout ! Tu crois pas qu'il a un peu mieux à faire que te courir après ? C'est un homme occupé, maman ! Im-por-tant ! Une cliente à qui j'expliquais, pas plus tard qu'hier après-midi, tiens, qu'il t'avait gracieusement invitée à venir passer des vacances chez lui à Cannes m'a sorti sa photo en couleurs dans le *Paris-Match* de cette semaine. Pas en petit, hein ? En grand ! Mais quelle mouche a bien pu te piquer ? Pourquoi t'es pas restée dans son appartement comme il te le demandait ? À ce propos, il est superbe cet appartement, équipé à la pointe de la technologie et tout et tout ! Ma cliente m'a découpé la photo du journal pour qu'on la fournisse en électroménager tout pareil que lui. Tu m'aideras à retrouver tous ces produits ? Dis donc, ça devrait nous rapporter un max de sous, cette commande. Mais pourquoi t'es partie, pétard ? Quand apprendras-tu, enfin, à tenir en place, maman ?

Bien résolue à ne pas m'en laisser conter, j'ignorai ses reproches. Pire. Sûre de mon fait – question de survie –, je jurai de me tenir à carreaux si on venait me récupérer en voiture. Et de poster un petit mot à Adrian pour lui présenter mes excuses les plus plates.

— T'as de la chance, maman, Christian vient de s'acheter une nouvelle Simca, la Aronde type 9 : il sera à Cannes ce soir ou demain s'il doit dormir en route. Fais en sorte qu'il n'ait pas à retourner toute la ville pour te trouver quand il arrive. Autrement, c'est moi qui vais prendre !

Je jurai.

Rincée par son savon, je me glissai de nouveau sous mes draps, tout habillée.

Afin de m'obliger à rester éveillée, j'ouvris un exemplaire du *Nice-Matin* du jour, mis à la disposition des clients de la pension. Il y avait dedans la longue interview qu'Adrian avait donnée la veille au quotidien régional, titrée « Adrian Friedman : le retour de l'enfant prodige ! ». Je me jetai dessus. La pire idée qui fût. Harassée par l'émotion suscitée par ses déclarations, je replongeai, dévastée, dans les bras de Morphée.

La dernière chose que j'entrevis avant de sombrer fut la petite robe noire corolle dans laquelle j'avais envisagé de gravir les marches du Palais des festivals de Cannes au bras d'Adrian.

Adrian.

Adrian, l'homme pour lequel j'avais failli, un jour, brûler tous mes vaisseaux.

L'*Hevea brasiliensis*

L'hévéa du Brésil (du fait de son origine) est un arbre tropical à croissance rapide très répandu en Asie du Sud-Est dont on extrait le latex utilisé pour être transformé en caoutchouc.

Ma petite-fille Marguerite avait été un peu déçue que je ne lui achète pas un *vrai* cadeau pour ses sept ans.

— Pour sûr, c'est chouette et… pas ordinaire comme… présent ? Mais y a tout de même un truc que je ne pige pas. Si tu me le donnes pour de faux, ton hôtel, je fais comment pour jouer avec ?

À coups d'anecdotes et de cartes postales d'époque, la petite avait fini par adopter mon palace. Et par l'aimer, aussi. À tel point que lorsque sa sœur Charlotte – ma deuxième petite-fille – eut à son tour sept ans, elle suggéra que je lui offre aussi « un machin imma-je-ne-sais-quoi » ! Preuve s'il en était que Le Grand Hôtel de la Californie avait fait sensation dans leur imaginaire. Que la mode du « présent que l'on ne peut pas tenir dans ses mains mais qui est très bien, même si c'est pas une poupée qu'on peut déshabiller ou une dînette pour boire du thé » était bel et bien lancée.

En apprenant que j'avais l'intention de transmettre l'*Hevea brasiliensis* à sa fille, Jeanne me fit de gros yeux. Je le lui léguai pourtant. Dans un restaurant clermontois, lors d'un déjeuner tendu, le 1er avril 1957. Quoi qu'elle en pensât, elle, ainsi que le reste de la famille, ce cadeau était, à ce moment-là, pour moi, le meilleur qui soit.

Entré dans mon quotidien à onze ans, l'*Hevea brasiliensis* m'avait suivi – voire poursuivi – toute ma vie. Pour le meilleur. Et pour le pire.

Je n'avais aucune idée de ce qui allait me tomber dessus en désertant Le Grand Hôtel de la Californie, le 1er septembre 1916. Je savais juste que je n'aurais plus jamais le droit de prononcer le prénom de Luigi ; que ma grand-tante Céleste avait deux chats, cinq canaris, une tortue et trois fils au front ; et, le plus important, des chambres pour nous héberger le temps que ma mère décroche un toit et un emploi.

En y songeant aujourd'hui, il valait mieux que je ne m'attende à rien tant ce qui m'attendait en Auvergne serait affreux. Les six premières années du moins.

L'expédition jusqu'à Riom, en troisième classe, nous prit dix jours. À cause de la guerre qui mobilisait de nombreux trains du côté de Verdun, le réseau ferré français était un chaos.

Pour gagner notre destination, il nous fallut transiter par Montpellier, Bordeaux, La Rochelle et Clermont. Un chemin de croix au cours duquel ma mère demeura mutique, sauf pour me demander si j'avais soif ou faim. Et m'interdire de descendre à quai pour me dégourdir les pattes même lorsque nous étions immobilisés des heures dans des trous paumés. Sinon, je vomis un nombre incalculable de fois : la faute au chagrin, à la peur, au dépit, à la faim, aux cahotements du train, aux odeurs d'aisselles, de pieds et de tabac, aux sandwiches au pâté de nos voisins.

Par bonheur, au bout de cet enfer nous attendait Céleste. Perdue dans une foule venue accueillir un père, un mari, un fils, un amant, un fiancé, elle rayonnait. Bien que je ne l'aie jamais vue, ni en vrai ni en photo, je l'identifiai sans hésiter : ma mère était sa copie conforme avec vingt-cinq ans de moins – mêmes prunelles pâles, mêmes pommettes proéminentes, même port de tête digne, même nez fin. Mais, tandis qu'Yvonne s'était éteinte depuis la disparition de son mari, Céleste, elle, était la lumière incarnée. Quand cette femme posait sur moi son regard, m'adressait la parole ou prenait mes mains dans les siennes, ses yeux, sa voix et ses paumes diffusaient une chaleur qui enveloppait mon cœur et apaisait mes douleurs. Bien que nous nous verrions assez peu à l'avenir – ma mère nous faisait vivre en ermites –, elle serait longtemps l'une de mes plus sûres alliées. Et ne manquerait jamais à ses devoirs familiaux.

En m'accueillant sur le quai de la gare, Céleste, pour me signifier son affection, me colla le visage contre ses seins et me lissa les cheveux que j'avais gras. « Pire que des beignets », aurait persiflé Edgard. Ma première réaction fut de me dégager tant j'avais honte de mon état. Mais comme cela faisait longtemps, si longtemps que je n'avais pas été dorlotée, je ne pus m'empêcher de m'abandonner à la joie primitive de me sentir exister. Quant à ma mère, elle se raidit avec une telle énergie au contact de sa tante que la pauvre femme dut se contenter de lui effleurer les joues du bout des lèvres.

Chargées de nos deux seules besaces, nous avons pris la direction de la basilique Saint-Amable derrière laquelle Céleste occupait un hôtel particulier. Je me souviens que les rues étaient pleines de couples pressés de se reformer. Cette félicité me culpabilisait : j'étais tout à la fois réjouie pour eux et… jalouse. Jalouse de leur capacité à oublier les atrocités qu'ils avaient vues, subies et, par la force des choses, perpétrées. Jalouse de leur fortune retrouvée. Jalouse de cet amour qui les rendait si habités.

La maison de Céleste dégageait le même type d'atmosphère que celle des Agnel à Grasse. Claire, vaste et confortable, elle était remplie de bibelots et de tableaux de valeur pour la plupart chinés à Drouot, à Paris – ce qui rendait ces objets encore plus fabuleux. Chaque guéridon, ou presque, avait son bouquet de saison. Les tapis, au sol, étaient moelleux et épais.

Et les papiers peints fleuris lui conféraient un style anglais, très gai. À son image en fait. Et ce en dépit de l'absence de ses trois fils conscrits. Et de la présence de son mari, Régis, président de la cour d'appel de Riom. Un homme aussi rude et dogmatique que la justice qu'il incarnait.

Tout le temps où elle nous hébergea sous son toit, Céleste fit « comme si » ses fils Honoré, Victor et Timothée étaient partis crapahuter quelque part, en Lozère. Ou plus en bas, en Savoie. « Comme si » la guerre, aux frontières nord et est, avec ses dizaines de milliers de morts, d'éclopés et de gazés, n'existait pas.

Bien que l'automne fût exceptionnellement doux cette année-là, une vilaine toux me tomba sur les bronches deux jours à peine après notre arrivée. Elle sabota mes nuits que j'avais déjà courtes et les peupla de mauvais songes. Impossible à réchauffer, en permanence frigorifiée, je n'étais que frissons. Des frissons d'effroi quand je me laissais aller à m'apitoyer sur mon sort. Dans ces moments de détresse absolue, seuls les caresses de Céleste et le cui-cui de ses canaris avaient le pouvoir de me rasséréner. Un temps.

Dehors, tout m'était hostile : le bâti trop noir, les rues trop sales, les platanes trop hauts, le ciel trop bas, la lumière trop grise, les montagnes trop pelées, les gens trop bourrus, l'air saturé de remugles de caoutchouc trop impur et la mer trop… reculée.

Mortifère, je me noyais dans les poèmes de Baudelaire tant aimé de mon père et déchiffrais sans relâche l'*andantino* de la *Sonate n° 20 pour piano*, de Schubert.

Pour m'obliger à prendre l'air, Céleste m'entraînait parfois à l'antenne de la Croix-Rouge de Riom où nous roulions en cachette de ma mère des bandes de gaze d'une blancheur immaculée. Ce travail, fastidieux, déprimant, tuait mon temps utilement.

Pour rattraper mes devoirs en retard – accumulés depuis la mort de papa et notre départ précipité de Cannes –, ma mère m'asphyxiait sous les leçons, la lecture et les exercices. Une façon pour elle de ne pas avoir à parler d'autres choses que de preuves par neuf, de compléments d'objet direct et indirect, de droites qui se suivent et ne se croisent pas, de Pépin le Bref et de Gambetta.

Après un mois de flottement, je fis ma rentrée en classe de sixième, à l'institution Sainte-Thècle de Chamalières. Un lundi de lourde pluie. Le 23 octobre 1916.

Je ne saurai jamais comment ma mère s'y prit pour amener Mlle Nourisson à m'y faire une place – je n'avais, pour rappel, encore jamais mis les pieds dans une école –, mais le fait est que j'étais désormais condamnée à y passer le plus clair de mon temps. Mon niveau d'instruction, supérieur à celui de mes camarades sauf pour tout ce qui touchait à la morale et à la religion, me valut d'être perçue comme une curiosité. Une curiosité dont on se méfiait, que l'on craignait et guignait avec circonspection. Pour que cessent les messes basses et les moqueries sur mon prénom – « Il faut agir avec Prudence… Prudence les filles, la nouvelle arrive ! On n'est jamais assez Prudence… » –, je plaquai un jour la tête de la meneuse – Berthe de Roquemaurel – contre la porte des commodités avant de la menacer, en italien, de lui couper ses nattes pour en faire des confettis si elle et « sa bande de salopes » s'ingéniaient à me « pourrir l'existence ». Bien que scandalisée par mes propos, elle saisit, à mon ton ainsi qu'aux éclairs de haine qui jaillissaient de mes yeux, qu'il valait mieux qu'elle fasse l'impasse sur ma personne si elle ne voulait pas que je lui arrache en plus la langue avec les dents. En revivant cette scène, je me dis que cette vulgarité et cette rage – tout à fait inédites chez moi – étaient quelque peu disproportionnées. Il fallait néanmoins que ça sorte. C'est elle qui prit.

Tandis que je m'engouffrais dans l'observation des minutes qui défilaient sur la petite montre gousset que Céleste avait fait graver à mon nom à mon arrivée à Riom, ma mère, elle, se tuait à la tâche chez Torrilhon. Alors qu'elle aurait pu facilement obtenir une place d'institutrice dans un établissement scolaire public ou privé, elle préféra participer à l'effort de guerre en tant qu'ouvrière. Pionnière de l'industrie caoutchoutière, Torrilhon – moins connue que Michelin ou Bergougnan – faisait partie des fournisseurs officiels de la Défense nationale. Privée de la moitié de ses effectifs masculins, elle enrôlait quiconque acceptait de respirer un air gavé de polluants, onze heures par jour – dimanches compris –, pour un salaire de misère. Mais, qu'importe. Ou tant mieux, puisqu'affectée à la supervision d'une chaîne de production de couvertures imperméables destinées à l'armée, ma mère n'aspirait qu'à se laisser abrutir. Chez Torrilhon, elle était plus que servie.

Au fur et à mesure que les mois s'égrenaient, je mangeais de moins en moins et je disais de plus en plus adieu à mes formes – et à mes cheveux. Quant au monde extérieur, il me répugnait : j'abominais Sainte-Thècle, peuplé de pestes ; l'Auvergne, austère ; notre appartement, lugubre, bruyant et humide ; le caoutchouc, puant, qui me volait ma mère ; ma mère, justement, incapable de se ressaisir ; papa, mort pour rien puisque la guerre ne prenait pas fin ; Céleste, toujours assise le cul entre deux chaises ; les Lacour et les Agnel, qui n'avaient pas été fichus d'aligner les arguments pour retenir « leur Yvonne » à Nice. Le compte y était. Ou presque. Fermez le ban.

Je fêtai l'armistice de novembre 1918 à l'hôtel-Dieu de Clermont-Ferrand, entourée de trois jeunes infirmières déconcertées par mon état de santé. Mlle Nourisson, horrifiée par ma maigreur morbide, avait forcé ma mère – qui n'avait rien remarqué – à m'y faire admettre. J'y séjournai deux mois et demi. À coups de médicaments, de mise à l'isolement, de soupes de pois cassé, de bouilli au lard et de gâteaux dits « de guerre », j'en ressortis en janvier, remplumée et motivée à reprendre ma vie en main. Contre la promesse de décrocher mon brevet d'études primaires supérieures, j'arrachai à Yvonne l'autorisation de quitter Sainte-Thècle sans préparer mon bachot pour travailler et m'émanciper dès que j'en aurais les possibilités financières. Qu'importe le qu'en dira-t-on.

Ce pacte m'encouragea à mettre les bouchées doubles à l'école comme dans mon pauvre estomac. Au grand dam de Berthe de Roquemaurel et de ses copines, je validai mon diplôme de fin de cycle, à quatorze ans, avec la meilleure note de l'établissement. Mlle Nourisson tenta par tous les moyens de me convaincre de poursuivre mon lycée, mais la simple perspective de côtoyer encore trois ans ces « punaises » que je tenais – non sans difficulté – à distance me persuada qu'il valait mieux que j'appose un point final à mes études.

Le mois qui suivit, j'entrai chez Torrilhon, sur la chaîne que supervisait ma mère – c'était *la* clef de voûte de notre accord tacite pour qu'elle tolère que je devienne à mon tour « prolétaire ». En 1919, et bien que la guerre soit finie, la main-d'œuvre continuait à faire défaut et les commandes d'affluer : l'heure était aux pneus, aux tuyaux, aux bandes, aux poignées de cycles, aux bouchons, aux pédales, aux semelles, aux ustensiles, aux cirés, aux élastiques et aux bottes en caoutchouc. Cette matière première importée par cargos entiers d'Indochine participait au relèvement de la France en général et de mon moral en particulier. Ou comment se sentir patriote à bon compte.

C'est aux vestiaires, le premier jour, que je rencontrai celle qui deviendrait ma sœur. Mon amie. Ma moitié. Ma mère de substitution : Albertine Danger.

Je n'oublierai jamais la façon dont elle s'esclaffa, espiègle, ses jolis poings blancs potelés, plaqués contre sa taille qu'elle n'avait pas fine :

— Mais… qui voilàààààà ? Prudence ! Prudence et… Danger ! Eh bien, ma fille, y a pas à tortiller : la providence nous a bel et bien alignées. Que tu le veuilles ou non, on était faites pour s'compléter.

Et on se compléta.

Albertine – de six ans mon aînée – était aussi replète que j'étais squelettique. Aussi libre que j'étais timorée. Aussi désinvolte que j'étais compassée. Aussi optimiste que j'étais désenchantée. Aussi loquace que j'étais réservée. Aussi féminine que je n'étais… rien. Et sûrement pas séduisante.

Albertine réveilla en moi l'enfant que j'étais à Cannes. À son contact, je m'éveillai, grandis et m'extirpai de ma coquille. J'appris aussi à m'imposer en société, à m'exprimer, à danser, à m'habiller, à me coiffer et à me maquiller – par toutes petites touches pour m'épargner les sermons de ma mère qui n'aurait pas manqué de me traiter de « fille de joie ».

En sa compagnie, je me politisais. Membre de la Section française de l'internationale communiste (Sfic), Albertine ne vivait que par le militantisme et, ce faisant, m'entraînait dans son sillage. Si Yvonne n'avait pas craint que je ne lui cause du tort chez Torrilhon en virant « rouge », je me serais, c'est certain, encartée à ses côtés. J'avais beau me faire violence, l'émancipation n'était pas encore gagnée.

Il me faudrait attendre Fernand Fournier, compagnon de lutte d'Albertine, pour oser prendre mes distances avec ma mère, laquelle commençait enfin à se relever de sa dépression.

Alors que je bouillais qu'il se déclare, mon futur mari prit tout son temps. Taiseux, il mit des années à m'avouer qu'il était tourmenté par notre différence d'âge – huit ans – et… la sourde instabilité qu'il percevait chez moi.

Sans l'intercession d'Albertine, je suis à peu près certaine qu'il n'aurait jamais osé me demander de l'épouser. En bonne et due forme. Avec une bague achetée chez le bijoutier qui lui coûta la moitié de ses économies. Et un genou à terre. « Comme chez les nantis ! » s'exclama, triomphale, notre bonne fée.

Aimais-je alors « tout court » Fernand ? Sans « beaucoup », sans « énormément » ? Même maintenant, je ne saurais le dire. En tout cas, j'admirais son charisme et sa maturité. À ses côtés, je me sentais invincible. Et appréciais, à plus d'un titre, son esprit progressiste – voire féministe – si peu commun aux hommes de sa génération. Écartelée entre mon enfance dorée et ma jeunesse ouvrière, mon rêve de fonder un foyer et mon désir d'émancipation, je cherchais encore et toujours sur quel pied danser. Mais je dansais. Ainsi en sera-t-il jusqu'à ma mort.

Notre union, célébrée à la mairie de Clermont-Ferrand, le 16 septembre 1922, se prolongea par un déjeuner – animé par Albertine, plus en verve que jamais – dans l'un des nombreux foyers Michelin. Céleste et ma mère se firent excuser : bien qu'elles soient heureuses de me sentir… heureuse, leur affabilité et leur compréhensibilité avaient leurs limites.

Paul naquit neuf mois, jour pour jour, après notre nuit de noces. J'avais beau jouer les rebelles, il me restait encore quelques reliquats de mon éducation bourgeoise. Jeanne suivit en 1924. Valentine en 1930. Et Mathilde en 1937. À part Paul – débarqué sans prévenir, un matin où j'écossais des petits pois –, tous nos enfants sont nés à la maternité Michelin des Neuf-Soleils. C'est d'ailleurs dans cette institution que je me formai au métier de sage-femme, à partir de 1935. Année bénite au cours de laquelle ma mère démissionna de ses fonctions chez Torrilhon pour me prêter main-forte à la maison et emménagea dans une chambre sous les toits. En attendant de pouvoir m'installer un jour en libéral, j'œuvrais pour que les femmes de la cité accouchent en toute sécurité – confortées par la politique nataliste de l'entreprise, elles « pondaient » leurs bébés mieux que des gallinacés : en abondance et avec régularité.

Tout cela était finalement bien endogame…

Pour acheter la paix avec les parents de Fernand, le 5 mai 1937, nous baptisâmes notre joyeuse nichée, dans une même fournée, à l'église Jésus-Divin-Ouvrier. Un lieu de culte désiré et financé par les Michelin – grands catholiques devant l'Éternel. Une fratrie complète immergée dans les mêmes fonts baptismaux, le prêtre n'avait jamais vu ça.

Au fur et à mesure que notre tribu s'agrandit, nous vécûmes dans différentes maisons de la cité-jardin Michelin édifiées par l'entreprise pour loger ses ouvriers à proximité de ses usines. Nos adresses couvrirent toute la palette des qualités requises pour être un bon employé : 36, rue du Devoir ; 18, rue de l'Espérance et enfin 21, rue de la Tempérance – un trait de caractère qui s'est, avec le temps, plus qu'estompé chez moi bien que j'y réside toujours.

Quoi que l'on puisse penser de la bienveillance avisée des Michelin, scolariser notre progéniture dans l'une de leurs écoles était un privilège appréciable – le niveau général y était excellent et ils pouvaient s'y rendre à pied. Ce qui ne gâchait rien. Comme les regarder rire et sauter dans le bassin de l'Association sportive Michelin. Ou remplir notre garde-manger à la Socap, le magasin coopératif Michelin où l'on dépensait notre paye gagnée dans ses usines…

Bref, difficile, voire impensable à l'époque, de vivre à Clermont loin de l'ombre tutélaire de la firme qui chaperonnait ses ouvriers de la naissance à la tombe.

Après le tribut payé à la Grande Guerre, imaginer qu'un jour notre pays repartirait au combat relevait de la pure folie. Et pourtant, c'est ce qui arriva. Le 3 septembre 1939, la Wehrmacht fondit sur la Pologne et la France, qui était son alliée, dut battre le rappel de ses troupes.

Fernand, quarante-deux ans, asthmatique chronique, fut jugé trop fragile et trop âgé pour être mobilisé. Paul, seize ans, trop jeune. En dépit de leur frustration qu'ils déclinèrent sur tous les tons à la maison, je poussai avec ma mère un immense « ouf » de soulagement : jamais nous n'aurions supporté de les voir porter l'uniforme et de risquer de se faire tuer comme Luigi.

J'exécrais Laval et Pétain pour leur collaboration avec les nazis, mais je leur savais gré d'avoir laissé Clermont-Ferrand en zone libre. Le quotidien de notre côté n'y était certes pas doré-doré mais c'était sans comparaison avec ce que subissaient les camarades de Fernand coincés en zone occupée. Nous, au moins, mangions à notre faim. Et n'avions pas à éprouver « le joug de l'envahisseur teuton » comme ne cessait de le répéter Fernand à ses collègues lorsqu'ils se mettaient à geindre. Quant aux Michelin, nous pouvions être fiers d'eux : ils résistaient aux injonctions de Berlin de partager leurs secrets de fabrication avec leurs concurrents allemands. Ce qui, par les temps qui couraient, confinait à l'héroïsme ! Fernand pouvait continuer à pointer à l'usine sans se compromettre avec l'ennemi. L'honneur était sauf.

Pour la plus grande fierté de son père dont les aïeux n'avaient jamais décroché le moindre diplôme scolaire, notre fils aîné Paul obtint son baccalauréat, en juin 1941, avec la mention très bien. Reconnaissance éternelle à ses professeurs du lycée Michelin qui ne doutèrent jamais de ses capacités. Et à Yvonne qui n'eut de cesse de surveiller ses devoirs et ses cahiers.

Alors qu'il avait été acté qu'il résiderait à Marseille, chez mon « grand-cousin Honoré » pour étudier la médecine, je le surpris, un jour, dans le jardin, en train de comploter avec le fils de nos voisins. Leur projet ? Rejoindre Londres « par l'Espagne ou le Portugal » et intégrer une « branche noire » des services secrets britanniques – le SOE, acronyme de Special Operation Executive.

Pour tenter d'objectiver la situation, je pris sur moi une semaine et me tus. Un incontestable petit exploit. Un soir pourtant, comme il fallait s'y attendre, je fus victime d'une irrépressible crise de panique, entre la soupe claire et le saint-nectaire – avec sensation de mort imminente et tout le corollaire. Cet épisode extrêmement traumatisant pour les enfants me laissa exsangue trois jours.

Désolé et inquiet pour moi, Fernand – qui ne savait plus à quel saint se vouer depuis que Staline avait rallié Hitler – me donna sa parole qu'il raisonnerait notre Paul. Une longue discussion nocturne, entre hommes, le décida à gagner la Cochinchine où Michelin embauchait des infirmiers. « Une expérience formatrice et exotique avant d'attaquer ses études de toubib ! »

La compagnie était établie dans nos colonies depuis 1925. Pour contrôler la qualité de sa gomme et limiter l'impact des fluctuations du cours du caoutchouc, elle avait obtenu du gouvernement français une concession de quinze mille hectares de terres à déboiser pour y cultiver de l'*Hevea brasiliensis*.

En plus de ses usines, de ses laboratoires et de ses scieries, Michelin, fidèle à sa politique patronale paternaliste, avait fait édifier pour « ses » milliers de *coolies* des logements, des écoles, un orphelinat et… un hôpital flambant neuf – afin de lutter, entre autres, contre les maladies tropicales qui décimaient sa main-d'œuvre. Malgré toutes ces installations supposées améliorer l'ordinaire de ses ouvriers, la CGT, que Fernand dirigeait depuis 1925, avait eu vent de mauvais traitements infligés aux indigènes. Pour que cessent ces exactions, la direction l'avait autorisé à diligenter un camarade. Pour enquêter et rapporter. Martin étant rentré plutôt satisfait des ajustements effectués, l'affaire avait été classée.

Une révolte avait néanmoins éclaté dans la plantation de Phu-Riêng, en 1930, et de nombreux cas de tortures, de meurtres et de séditions avaient continué à remonter aux oreilles du syndicat. Pour s'assurer que la CGT ne s'était pas fait rouler, Fernand, prétextant que son fils voulait attaquer sa médecine avec un peu d'expérience, persuada ses supérieurs de l'envoyer là-bas. Doté de son diplôme de secouriste délivré par la Croix-Blanche, il constituait une recrue de choix.

Mon unique préoccupation étant que Paul n'entre pas en résistance, je ne cherchai pas à savoir comment Fernand l'avait convaincu. Nonobstant les idéaux que nous partagions à la maison – et sur lesquels notre famille s'était vertébrée –, je ne pouvais concevoir l'idée que notre fils unique se sacrifie pour notre pays. Si ma peur viscérale de le perdre ne m'avait pas aveuglée, j'aurais peut-être sourcillé. Parce qu'à part quitter le sol français en bateau, il n'y avait rien de commun entre jouer les espions en Grande-Bretagne et les infirmiers en Cochinchine.

Pour me rassurer, je me dis que les voyages formaient la jeunesse. Qu'un jour, il nous remercierait.

Pauvre sotte que j'étais.

Paul embarqua pour Saigon, dans un cargo Michelin qui rentrait à vide, le 12 septembre 1941. Avant de partir, il me promit de m'écrire. Et de me revenir bien vite.

Sa première lettre aurait dû m'alerter.

« Ma chère maman,
Mon cher papa,

Après six semaines de voyage et un jour et demi de camion, me voilà enfin arrivé à la plantation. Ce voyage n'aura été qu'un pur ébahissement pour moi qui n'ai jamais quitté Clermont qu'en rêve ou par le prisme des romans d'aventures que tu me faisais lire, maman, quand j'étais enfant. Bien que j'aie passé presque tout le temps de notre traversée allongé sur ma couchette en raison du mal de mer, je me suis attaché, comme vous me l'aviez recommandé, de me lever à chaque escale pour jouir de l'exotisme des paysages qui se sont succédé. J'ai été fasciné par le Stromboli et son panache de fumée ainsi que par Mers el-Kébir et le golfe d'Aden. Colombo au large de laquelle nous avons croisé un énorme cachalot, Malacca et le cap Saint-Jacques à l'entrée du delta du Mékong recouvert d'un brouillard plus épais encore que celui qui nous leste nos hivers auvergnats ne m'ont pas non plus laissé indifférent. Ce qui m'a le plus ébloui, je crois, demeurera à jamais le canal de Suez. Quel ouvrage titanesque ! Guidés par un pilote, nous l'avons franchi lentement, très lentement alors que les rives semblaient presque à portée d'ailes ! Creusé au milieu d'un désert séparant deux continents, il est bordé d'un côté par une belle route goudronnée empruntée par des voitures et des motos de l'armée anglaise ; de l'autre par le Sinaï traversé par des méharis et des caravanes de dromadaires. Quel choc de cultures.

Bien qu'effectué en camion, le trajet jusqu'à Phu-Riêng n'a pas été qu'une partie de rigolade : ici, à cause de la pluie, les routes ne sont que trous et ornières ; la touffeur et l'humidité trempent nos vêtements ; et la nourriture que nous mangeons dans des gargotes à l'hygiène douteuse détraque nos estomacs. Soyez tranquilles néanmoins, depuis que j'ai pris possession des lieux il y a une quinzaine, je me suis (un peu) acclimaté : j'économise mes mouvements, je me douche plusieurs fois par jour (une aubaine rare) et je commence à m'accoutumer avec la nourriture qui est ma foi fort bonne, en particulier le pho qui consiste en une soupe à base de bouillon de bœuf agrémentée de nouilles de riz plates et d'herbes aromatiques locales.

Sinon, j'ai été très bien accueilli par le docteur Bonenfant qui dirige l'hôpital principal depuis trois ans. C'est cet hôpital qui chapeaute les petits dispensaires établis par Michelin un peu partout sur ses plantations. Je suis logé à titre provisoire dans une chambre d'amis de sa maison qui est une vraie maison en dur (contrairement aux baraquements qui dominent ici). À cause des moustiques très nombreux et très coriaces, je dors sous une moustiquaire blanche pareille à un voile de mariée. Je bénéficie aussi d'un ventilateur en bambou à grandes pales fixé au plafond qui brasse avec mollesse un air moite mais qui a quand même le mérite d'exister.

Au contact du docteur Bonenfant qui n'est pas avare en conseils, j'apprends chaque jour de nouveaux gestes de soins : je vaccine à tour de bras contre le palu (une maladie parasitaire faisant sur les plantations Michelin près de deux cents morts par an mais qui en faisait dix fois plus il y a vingt ans quand la compagnie n'avait pas commencé à prendre des mesures pour éradiquer ce fléau), je distribue le matin des cachets de quinine, j'assiste aux visites médicales des nouveaux arrivants et je panse (seul) les bobos superficiels des enfants qui se blessent à l'école du village.

J'ai fait, hier, une tournée de routine avec le docteur Bonenfant dans une parcelle d'hévéas située à une heure de cheval d'ici : elle était très propre, semblait avoir un rendement exceptionnel et les coolies qui y travaillaient à l'abri du soleil sous leurs chapeaux coniques semblaient satisfaits de leur sort. Néanmoins, comme tu me l'as demandé, papa, je vais essayer de me renseigner sur la réalité de leurs conditions de travail et vérifier si tout cela n'est pas qu'une belle façade. On sait ici que je suis ton fils et peut-être essaye-t-on de m'en mettre plein la vue pour que mon rapport à mon retour à Clermont soit bon.

Je vous abandonne ici pour aujourd'hui : j'ai rendez-vous avec un autochtone de mon âge, prénommé Ái Quõc (ce qui signifie « patriote » dans sa langue !). Civil et érudit, il a étudié au séminaire à Saigon et a réussi son certificat d'études avec brio. Je l'ai rencontré hier à la rivière où il faisait ses ablutions. Peut-être deviendrons-nous un jour amis et qui sait si, grâce à lui, je n'en apprendrai pas plus sur le fonctionnement de la plantation et la vie des indigènes.

Je songe à vous chaque soir en soufflant sur la mèche de ma lampe-tempête que je tiens pour seul éclairage,

J'espère que votre quotidien n'est pas trop difficile et que la guerre touchera bientôt à sa fin,

Votre fils Paul. »

Paul était un idéaliste, allaité au syndicalisme et au communisme. À la lecture de ce courrier, je compris comment Fernand avait exploité sa sensibilité pour lui vendre le projet de se rendre utile en optant pour la Cochinchine plutôt que pour les services secrets de la couronne d'Angleterre. J'étais furibonde. Contre lui. Et contre moi. Si je ne l'avais pas conjuré de préserver notre fils des sirènes de la résistance, il ne serait peut-être jamais parti, tel Albert Londres, infiltrer les installations Michelin. Avec tous les risques d'embrigadement que cela pouvait comporter pour notre garçon.

Les trois lettres qui suivirent témoignèrent plus vite que je ne l'aurais cru de son désenchantement. Ái Quõc étant devenu son meilleur ami, il prit petit à petit fait et cause pour les *coolies* dont son camarade faisait partie.

Celle-ci, par exemple écrite en avril 1942, était on ne peut plus explicite.

« Ma chère maman,
Mon cher papa,

Je vais de déception en déception, mais grâce à Ái Quõc (que je fréquente désormais en cachette parce que le docteur Bonenfant m'a interdit de frayer avec lui au prétexte qu'il serait « roublard »), je commence à me désillusionner et à y voir plus clair dans le jeu de Michelin. Je ne sais pas si, à Clermont, ils sont au courant des méthodes qui sont appliquées ici dans leurs plantations, leurs usines et leurs laboratoires mais elles sont abjectes. Pour les gardiens, seule compte l'amélioration permanente de la productivité, ce qui génère une déshumanisation du travail : Les Temps modernes *de Chaplin à côté, c'est du badinage. Le manque d'expérience des principaux cadres (venus de la métropole et ignorants des mœurs des indigènes) se traduit par une indifférence totale au sort des coolies qui sont brutalisés par les cadres inférieurs (généralement issus de leur rang), lesquels, pour se faire bien voir de leur hiérarchie, abusent de leur pouvoir. Résultat, les* coolies *se mutilent quand ils défrichent, sans protection, la forêt vierge en ligne à coups de machette ; ils prennent des coups de canne injustifiés (je suis aux premières loges à l'hôpital lorsque je les vois arriver avec leurs sales blessures) ; et sont privés de jours de repos (voire de leur argent) lorsque leurs objectifs de rendement ne sont pas atteints. Le pire dans tout ça est qu'une fois que ces pauvres paysans ont signé leur engagement (contre un salaire indigne; un grabat infect dans un réfectoire bondé; et un bel uniforme qu'ils payent, mais ça, on ne le leur révèle qu'après...), ils sont comme prisonniers et ne peuvent plus reprendre leur liberté: les fuyards sont traqués et lorsqu'ils sont rattrapés, punis avec sévérité. Impossible donc de s'échapper de cet enfer une fois qu'on y a mis les pieds. Impossible non plus de protester comme vous le faites à la CGT: toutes les revendications, même les plus naturelles et justifiées, sont vues comme la manifestation d'une propagande communiste métissée d'anticolonialisme et donc de nationalisme. La création par Michelin, il y a cinq ans, de groupes d'autodéfense, chargés d'assurer la sécurité des infrastructures et mandatés pour encadrer les gardiens, n'arrange rien. D'autant plus que les animateurs de ces groupes sont pour la plupart issus de l'extrême droite française et que plusieurs d'entre eux, m'a révélé Ái Quõc, sont d'anciens cagoulards. De ceux que tu abhorres, papa, et avec lesquels tu t'es battu en 1935 et 1936.*

Je ne veux et ne peux plus collaborer avec Michelin, ici, plus longtemps. Je vais dans les jours à venir rejoindre Ái Quõc et ses amis du parti communiste local. Ils ont pour projet de déserter Phu-Riêng pour entrer dans la clandestinité afin de libérer leur peuple du joug de Michelin. Voilà qui fait sens pour moi et je suppose aussi pour toi, papa, et pour toi, maman.

Afin que vous n'ayez pas d'ennuis et que personne ne me démasque, j'ai fait preuve jusqu'à présent d'une discrétion, d'une obéissance et d'un dévouement rares. Pour plus de

sécurité encore, nous avons planifié, en réunion de cellule, de me faire passer pour mort. À cette fin, nous projetons d'incendier un hangar à graines d'hévéa dans lequel on dira que j'aurai été enfermé alors que je voulais empêcher une bande de terroristes d'y mettre le feu. Je deviendrai un porte-drapeau pour les coolies de Michelin ainsi que pour mes nouveaux camarades.
Je vous écris dès que j'ai recouvré ma totale indépendance de paroles et de gestes.
S'il devait m'arriver quoi que ce soit de funeste, soyez certains que je serais mort en paix, c'est-à-dire en pleine harmonie avec les valeurs qui sont les miennes et que vous m'avez inculquées,
Votre fils Paul. »

La ruse de Paul ne fonctionna qu'à moitié. Les cadres de l'entreprise n'étaient pas des bleus. En tout cas, pas au point de ne pas se rendre compte que « le fils du leader de la CGT » s'était fait laver le cerveau par « l'espion communiste Ái Quõc ». En revanche, sa mort, à laquelle ils crurent, leur sembla un « châtiment divin assez grand » pour ne pas licencier Fernand. Nous avons porté son deuil pour éviter d'éveiller les soupçons. Et cela me fut assez odieux. J'y voyais là comme un vilain signe du sort. Mais m'efforçais de ne pas y songer pour nous soustraire au mauvais œil.

Dans les mois qui suivirent, nous reçûmes trois – courts – billets de Paul. Un premier nous prévenant qu'il avait rallié le camp de « "celui qui éclaire" (comprenez ici, mes chers parents : Ho Chih Minh) ». Un deuxième nous informant que ses amis l'avaient rebaptisé d'un nouveau prénom, vietnamien : « Liêm qui signifie "intégrité". » Et un dernier, nous annonçant qu'il avait rencontré Yên, une Franco-Vietnamienne, d'un an son aînée. « La plus belle et la plus intelligente des femmes qu'il m'ait jamais été donné d'approcher. » Fernand et moi retenions notre souffle. Pour nous rassurer, nous nous convainquions que « Liêm et Yên » sonnaient bien ensemble. Que ça ne pouvait présager que du bon. Que c'était légendaire. Qu'ils seraient les nouveaux Ulysse et Pénélope, Baucis et Philémon.

À partir de 1943, la communication cessa. Et nous n'eûmes plus droit à rien. Pas même à une petite carte postale codée. Non signée. Ou juste timbrée de là-bas. Je sombrais dans des abîmes de tristesse et recommençais à m'affamer. Albertine – la seule personne avec ma mère à connaître notre secret – nous exhorta à nous accrocher.

— Si vous l'enterrez déjà, alors il mourra ! C'est cela que vous souhaitez pour Paul ?

Alors on s'accrocha. Avec Fernand, nous nous répétâmes que les bombardements américains de 1944, la reprise en main de l'Indochine par le Japon, la nomination du nouvel empereur Bao Dai freinaient la circulation des courriers. Évidemment !

Paul était vivant. S'il était mort, estropié, agonisant, on le pressentirait. Notre cœur de parents s'emballerait. Se déchirerait. Saignerait. Forcément !

Il se cachait quelque part dans la jungle, dans les montagnes, loin au nord, vers la Chine, avec son Ho Chih Minh ; dans les marais ; sur un bateau, un cargo, une barque, une jonque. Il militait, libérait, complotait, sabotait, deviendrait *le* héros français de la guerre d'indépendance de ce territoire si étendu que les lettres s'égaraient. Fatalement…

L'armistice du 8 mai 1945 fut accueilli avec une gaieté mitigée. Après six ans d'occupation, les Allemands étaient enfin partis. Mais Paul, lui, n'était toujours pas rentré au pays.

— Patience, Prudence, me murmurait à l'oreille, le soir, Fernand. Albertine a raison. Paul va nous revenir. Il est grand. Il fait sa vie. Il se construit, là, maintenant.

Plus les semaines s'écoulaient et moins j'y croyais.

Fernand aussi d'ailleurs. La sérénité qu'il feignait d'afficher ne prenait plus – mais avait-elle jamais pris ? Désabusé, il avait remis en jeu – et perdu – son mandat de patron de la CGT. Il avait commencé à boire, aussi. Jusqu'à plus soif. Chaque soir, il rentrait de plus en plus tard. Fracassé. Où errait-il donc ainsi dans le noir, en solitaire ? Nos collègues et amis étaient navrés de nous voir si détruits. Ils attribuaient notre piteux état à notre – faux – deuil qu'ils trouvaient fort long à se résorber. S'ils avaient su.

À l'aube du 9 décembre 1946, une toute petite jeune fille transie dans une veste en toile bleue rapiécée fit carillonner la clochette du portail de notre maison. Les Indochinoises ne courant pas les rues à

Clermont, je compris sans avoir à chercher bien loin qu'il devait s'agir de Yên.

Mais où était Paul ? Liêm ? Paul-Liêm. Mon fils, mon garçon, la chair de ma chair. Son fiancé. Sa moitié. Notre bébé.

D'une voix atone, elle me pilonna :

— Liêm est décédé depuis deux ans. Je n'ai pas pu venir avant pour vous l'annoncer. J'étais trop occupée. Excusez-moi, madame.

Nous nous sommes tenues debout longtemps, l'une en face de l'autre, sans oser nous toucher. À l'époque, nous demeurions encore au 18 rue de… l'Espérance. La vaste blague. En face, le panneau noir de la rue du Courage qui prolongeait notre artère me faisait de l'œil à travers les carreaux de la cuisine. Où allais-je trouver le courage de souscrire à la fatalité ? Le courage d'accepter que plus jamais je ne glisserais mes doigts dans ses cheveux emmêlés ? Le courage de fêter sans lui ses prochains anniversaires ? Le courage de voir les garçons de mes amies étudier, se marier, pouponner, vieillir et se buriner ? Le courage de continuer à exercer mon métier, de trier ses affaires, de tenir la maison, d'accompagner les enfants dans cette épreuve, de consoler Fernand, de soutenir ma mère qui ne manquerait pas de dévisser. Une nouvelle fois.

Voyant combien elle semblait exténuée, j'invitai Yên à se déshabiller et à prendre place sur le lit en fer-blanc qui nous tenait lieu de divan. N'ayant dormi que trois heures à cause d'un accouchement compliqué, je fis de même. Comme un poids mort, je tombai à ses côtés. Anéantie, je fuyais son regard de peur de croiser le sien qui ne cillait pas.

Ébranlée – et déconcertée – par la maîtrise dont elle faisait preuve, j'observais Yên de biais. Dedans, dehors, elle était aussi sèche qu'une branche morte. Ses traits, qui avaient dû être tendres, étaient sculptés par la détermination. Et l'abnégation. Elle en imposait tant qu'instinctivement, je me mis au diapason de son aplomb. Et pourtant, j'étais sur le point d'imploser.

Ne me trouvant pas à ses côtés, Fernand – en proie à l'une de ses multiples insomnies – descendit s'enquérir de ce qu'il se passait. En nous découvrant posées comme deux potiches, épaule contre épaule, sur le divan, il comprit. Pour différer l'annonce de l'immonde nouvelle, il s'approcha du poêle, l'ouvrit avec précaution et engouffra deux bûches. Sans émettre le moindre son. Cette action qu'il opérait d'habitude avec célérité me parut durer une éternité. Comme s'il avait besoin de temps pour digérer l'indigérable. Quand les flammes commencèrent à danser, inondant la pièce d'une chaleur enveloppante, il s'assit à son tour. Tout contre moi. Je saisis sa main, pour trouver la force de supporter le récit que Yên s'apprêtait à nous rapporter d'une voix blanche. Sans timbre.

— J'ai rencontré votre fils par l'intermédiaire de Ái Quõc. Après leur évasion de Phu-Riêng, ils sont venus se cacher dans la cabane où je vivais cachée avec un groupe de camarades. C'était sommaire. On était en pleine jungle. Mais on était entre nous. Entre révolutionnaires.

Yên était née en 1922. Son père, François-Xavier Bouchardon, dirigeait la poste centrale de Saigon lorsqu'il rencontra sa mère, Dao, chanteuse et modiste, qui mourut en couches le jour de sa naissance. Adorable petite poupée élevée par une gouvernante dévouée, Yên – la métisse – avait eu une enfance ultra-favorisée au sein de la haute société française. Tout lui avait été enseigné, du point de croix à la danse de salon en passant par le grec ancien, l'art d'éplucher une poire et l'équitation.

À l'adolescence, sous l'influence de ses camarades indochinoises, Yên renia ses origines. Vivre en vase clos l'étouffait. « Les maltraitances arbitraires » que les colons infligeaient à ses congénères lui étaient intolérables. Comme les chuchotements pleins de fiel qu'elle surprenait dans son dos dans la cour de récré.

— Pour signifier mon opposition au système, j'allai même jusqu'à refuser de porter mon uniforme dont je découpai l'écusson aux ciseaux devant le lycée pour le déchiqueter sur la place publique. Cela me valut un renvoi définitif de Chasseloup-Laubat.

Ulcéré par ses « caprices d'enfant », son père tenta de l'enfermer pour la forcer à se fondre une bonne fois pour toutes dans le moule. Quand il s'aperçut que sa tête était plus dure que la sienne, il la menaça de l'envoyer chez les sœurs en pension à Amiens – ville dont il était originaire. L'invasion de la France en 1939 bouscula ses projets.

— À ma plus grande satisfaction, ses hautes fonctions l'obligèrent à retourner à son cher courrier.

Le fond du problème était que Yên et son père avaient deux visions diamétralement opposées de ce que devait être son avenir : il rêvait qu'elle devienne l'élite intellectuelle de son pays. Elle ambitionnait de prendre les armes pour lui.

Yên s'enfuit un matin avec ses deux meilleures amies. Sans un mot d'adieux. Elle rejoignit le maquis où elle rencontra Ái Quõc. Ensemble, ils orchestrèrent son infiltration sur la plantation Michelin dont il ressortit avec Paul.

— Nous partagions les mêmes idéaux alors que nous avions été élevés sur deux continents différents…

Dehors, le soleil se levait péniblement.

— La première fois que votre fils m'a adressé la parole, c'était pour me demander de lui parler du livre que je lisais, *Qu'est-ce que la propriété ?* de Proudhon. Il avait entrevu cet ouvrage dans votre bibliothèque mais ne l'avait jamais ouvert. Je lui en ai résumé les principaux arguments et de fil en aiguille nous avons partagé nos connaissances communes sur Voltaire, Locke et Kant dont il avait étudié quelques textes au lycée.

Comme il était interdit de s'attacher au sein de leur groupuscule – au risque de mettre toute la troupe en danger –, Yên et Paul s'aimèrent en cachette.

— J'ai été sa première et sa seule femme. Et… je lui dois d'être debout, devant vous, ce matin.

Après divers sabotages de trains, de laboratoires et d'engins – dont le but était de faire vaciller Michelin ainsi que son ennemi juré Bergougnan –, Ái Quõc, Yên et Paul changèrent de tactique et planifièrent d'assassiner « un traître à la patrie », en l'occurrence un mandarin local ventripotent. Selon les communistes, ces hauts fonctionnaires impériaux, en entérinant le pouvoir des colons, pactisaient avec le diable et méritaient le châtiment suprême.

Le coup de couteau devait être porté par Yên lors d'une fête sacrée. Mais, au dernier moment, Paul la remplaça. Pour prouver à ses camarades son investissement total à leur cause. Et épargner sa fiancée.

Nous rentrions dans le dur.

— Paul a été repéré dès son arrivée à cause de son teint pâle, et neutralisé sans avoir pu approcher sa cible. Les gardes du mandarin lui ont tranché la carotide au fil derrière le palais. Ils ne lui ont laissé aucune chance. Son corps a été jeté dans une fosse commune. Sans cérémonie. Pour éviter que cet attentat ne fasse des émules, tout cela s'est fait dans la plus grande discrétion. Sans que jamais les autorités françaises en aient été tenues informées. Surtout ne pas faire de vagues. J'ai moi aussi été arrêtée avec Ái Quõc, mais nous avons eu plus de chance que Paul : des camarades nous ont fait évader pendant notre transfert vers la jungle où nous devions être fusillés. Dans ma fuite, je suis tombée sur une tôle rouillée, je me suis ouvert l'artère au niveau de la cuisse et j'ai perdu beaucoup de sang. Je me suis réveillée sur le paillasson de la villa de mon père, à Saigon, cinq jours plus tard.

Pour sauver sa fille, François-Xavier Bouchardon l'obligea, une fois rétablie, à embarquer pour la France, sous une fausse identité. Elle aurait pu voyager dans un cargo transportant du courrier, du riz ou du bois. Elle voyagea dans un cargo empli de… latex affrété par l'industrie caoutchoutière. L'ironie de la vie est parfois cruelle.

Yên débarqua à Marseille le 6 décembre 1945. Elle y fut accueillie par son grand-père Jean-Louis, qu'elle n'avait jamais vu qu'encadré en peinture dans le grand salon de sa maison. Elle le trouva compassé. Il la trouva bridée. Elle se fit la belle à Lyon-Perrache. De là, elle finit seule la route à pied jusqu'à Clermont. Elle découvrit un pays dévasté par l'Occupation et les bombardements, qu'elle haït d'emblée. Elle n'avait jamais vu d'arbres aussi dégarnis, de chiens aussi féroces, de fermes aussi décrépies, de routes aussi défoncées. Quand la neige la cueillit, un matin, alors qu'elle approchait d'Issoire, elle jugea qu'elle était boueuse et glissante. Un chauffeur routier, pris de pitié, la déposa à Clermont. Son mutisme effronté avorta toute velléité de conversation.

— Pour trouver votre adresse, je me suis tournée vers le bureau de la CGT chez Michelin.

Parce que j'insistais, Yên s'octroya un café et croqua du bout des dents une tartine de pain beurré pas très frais. Elle déclina notre invitation à rester déjeuner mais accepta un col roulé de Paul tricoté par sa grand-mère ainsi qu'une partie de nos maigres économies. Elle voulait redescendre à Marseille le plus vite possible pour rallier Saigon où la lutte armée ne faisait que commencer.

Fernand fit route avec Yên pour s'assurer que les autorités françaises la laisseraient monter à bord. Ses faux papiers firent de nouveau illusion. Ils se séparèrent sans effusion. Mais avec gravité.

Fernand ne quitta les quais qu'une fois le paquebot devenu un point minuscule à l'horizon. Alors seulement, il s'autorisa, pareil à un animal blessé, à bramer son désespoir. Sa plainte porta si haut et si loin que les mouettes, paralysées, en eurent la chique coupée.

Dans ma chambre à Clermont, volets et verrous tirés, je fixais telle une illuminée le portrait de Paul posé sur ma coiffeuse. Immortalisé par Fernand le jour de ses quinze ans, il portait beau dans sa chemise blanche amidonnée avec soin par Yvonne. Je tentais de me remémorer son odeur – subtil mélange de sueur et d'eau de Cologne –, le timbre de sa voix – chaude –, le velouté de son dos musclé. Mais rien, absolument rien ne me revenait. Plus vide que la fosse qui me guettait la gueule ouverte, mon corps n'était que douleurs. Un pieu rougi au feu enfoncé dans mon cœur de mère n'aurait pas été moins insupportable. Me maudissant d'avoir un jour aspiré à me reproduire, je bus d'une traite un verre de désinfectant dans l'espoir d'en finir.

L'« Hevea brasiliensis »

C'est Albertine qui fit quérir les secours. Et me convainquit, une fois de plus, de m'accrocher à cette chienne de guerre qu'était la vie.

Le puy de Dôme

Le puy de Dôme est un volcan endormi de la chaîne des Puys, situé dans le Massif central, à une quinzaine de kilomètres de Clermont-Ferrand. Culminant à 1 465 mètres, il a donné son nom au département du Puy-de-Dôme.

C'est Hélène, la fille aînée de Valentine, qui hérita de mon troisième cadeau immatériel. Commençant à être rodée à l'exercice, j'avais, en prévision de son anniversaire, le 8 novembre 1961, listé quelques idées plus ou moins convaincantes, en espérant qu'elles chasseraient celle qui me revenait sans cesse à l'esprit : le puy de Dôme. Avant de devenir mon meilleur ami, le puy de Dôme avait été mon pire ennemi. Après l'*Hevea brasiliensis* qui m'avait valu les foudres de mes filles, j'hésitais à m'exposer une deuxième fois à leur courroux. Mais Albertine m'incita à m'écouter et je n'en fis qu'à ma tête.

Mais revenons à mon arrivée en Auvergne. La seule chose qui capta mon attention, le 11 septembre 1916, en transitant par Clermont pour attraper le train de Riom, fut le puy de Dôme – j'entends ici le volcan, pas le département ! Pour être franche cependant, nauséeuse et délabrée comme je l'étais, je n'en distinguai d'abord pas grand-chose hormis son sommet. Que je trouvai… affaissé. Comme si un objet lourd, non identifié, tombé du ciel ou de je ne sais quel vaisseau était venu lui écraser le bonnet. Cette vision, furtive, s'inscrivit néanmoins dans un recoin de mon cervelet. Et quand je le retrouvai à Chamalières, après notre escale chez Céleste, je le jugeai sans intérêt – réaction somme toute naturelle lorsque, à onze ans, la guerre vous a volé votre père et que votre mère vous a déracinée de vos terres.

À Chamalières, pourtant, le volcan était sur toutes les lèvres : « Il est enneigé ou ce sont mes yeux qui me trahissent ? D'ici, je jurerais qu'il est blanc… », « Sans le puy, je perdrais à coup sûr le nord : il est mon phare, ma balise… », « Le soir, quand je ferme mes volets, j'ai toujours un dernier regard pour le puy ! »

Quand je les tirais, moi, les volets, ce n'était pas le puy que je saluais. Mais mon père que j'espérais croiser parmi les étoiles qui filaient. Par malchance, la pollution voilait le plus souvent le paysage. Et me faisait regretter Le Grand Hôtel de la Californie. À travers la lucarne de ma chambre, à Cannes, la vue était bien plus divertissante. Hissée sur un tabouret, je pouvais y suivre le ballet des bateaux de plaisance chargés d'aristocrates étrangers venus passer l'hiver sous le soleil de la Côte d'Azur. Plus fébrile qu'un bookmaker anglais, je pariais sur leur parcours et l'heure de leur retour. Me persuadais qu'ils se coursaient. Me choisissais une écurie. Lui soufflais des tactiques à adopter. Enrageais quand il se faisait distancer. Lorsque victoire il y avait, je la fêtais – le plus souvent en nage – avec Bernard, mon baigneur en celluloïd. Papa me l'avait remporté au tir à la carabine, à la fête du Citron de Menton, à une époque où ce jeu n'était pas encore truqué. À la fin de l'été 1916, vêtue de noir de la tête aux pieds, je l'avais enterré – en cachette d'Yvonne – dans une boîte en carton, derrière sa cabane à outils. Faute de corps et donc de sépulture, j'en orchestrais une en cachette pour honorer mon père en lui sacrifiant mon plus fidèle confident.

Plus la guerre s'étirait, plus les chaînes tournaient et plus la santé de ma mère déclinait. Le 15 août 1917, son chef, gêné aux entournures, finit par lui accorder deux jours de congé. Les premiers depuis qu'elle avait été embauchée. Il était grand temps : à force de rester debout et de respirer, onze heures par jour, l'air vicié de chez Torrilhon, ma mère commençait à se plaindre du dos et rendait chaque matin tripes et boyaux.

Sur une suggestion de Céleste, elle décréta que nous devions profiter de « ce moment privilégié pour escalader le puy de Dôme que tout le pays louangeait ». En rage contre le monde entier, je n'avais aucune envie de finir de me consumer sur ce volcan inhospitalier.

Je me pliai toutefois à ses desiderata.

J'aurais dû, dès le lever, flairer que rien n'irait. Céleste nous ayant mal indiqué la route à emprunter pour démarrer notre randonnée, nous décollâmes trop tard. Bien trop tard. C'est-à-dire vers midi. Ensuite, nous étions sous-équipées. Pire que des bleues. Aux espadrilles de Cannes que je suggérais, ma mère opposa nos bottines de Clermont. Aux jupes légères que je lui soumettais, elle préféra nos longues robes à jupons. C'était à prendre. Ou… à prendre.

Résultat : l'ascension – pourtant réputée pour son accessibilité par le chemin muletier – tourna au fiasco. Au lieu de prendre une heure, elle en prit trois. Et encore, nous n'atteignîmes jamais le sommet où trônait le temple de Mercure, but ultime de cette marche forcée – avec la vue à 360 degrés sur le pays. Pousser plus loin aurait frisé l'inconscience : ma mère, percluse de points de côté, devait faire halte à chaque virage. Quant à moi, plus le dénivelé s'accentuait, plus ma vue se troublait. Ce qui était bien fait puisque, pour souligner ma désapprobation – et faire ma tête de cochon… –, j'avais fait l'impasse sur le petit déjeuner. Sans Luigi pour nous aiguillonner, nous tombions en quenouille.

Même si gravir le puy n'était pas l'exploit de l'année, les mois écoulés depuis notre fuite de Cannes nous avaient étrillées. Et puis, je ne m'acclimatais pas à l'Auvergne. Rien ici ne supportait la comparaison avec la côte azuréenne. La chaîne des Puys et le massif de l'Estérel étaient plus différents que l'être et le néant. La flore était monotone et sans parfums. Les loups, les biches, les sangliers et les lézards ocellés manquaient à l'appel. Tout comme les pins et les genêts. Quant au silence, il était assourdissant. À croire que les cigales et les criquets avaient interdiction de cité dans ces montagnes. Tout cela était affligeant.

Nous avons rebroussé chemin en fin d'après-midi. Moroses et éreintées. À mi-trajet, notre attention – pourtant plus portée sur les battements de nos cœurs que sur le panorama qui s'offrait à nos yeux fatigués – fut attirée par un gros nuage de fumée. Celui-ci était d'autant plus terrifiant qu'il était noir et s'élevait juste au-dessus du quartier où nous habitions. À cause de tous ces produits inflammables utilisés par l'industrie caoutchoutière, nous vivions – comme tous les habitants de la région – dans la hantise d'un accident de stockage ou de manipulation. Au poste où elle officiait, ma mère était d'ailleurs informée des dangers encourus par ses équipes et les... habitations voisines de l'usine.

Ce jour-là, c'est notre immeuble, dressé derrière un hangar Torrilhon, qui fut la proie des flammes. Nous étions décidément maudites. Nous nous pressâmes tant bien que mal pour tenter de sauver ce qui pouvait l'être encore. Arrivées sur place, nous ne pûmes que déplorer l'étendue de la catastrophe : l'incendie avait réduit en cendres tout ce que nous avions apporté du Midi. C'est-à-dire pas grand-chose. Mais l'essentiel : nos photos de famille, l'intégrale de

Dumas, notre collection de cartes postales du Grand Hôtel de la Californie, la housse de traversin dans laquelle Louison m'avait emmaillotée, la correspondance de guerre de Luigi, quelques-uns de ses habits. Seul me restait son portefeuille, qu'en cachette de ma mère je portais sur moi depuis l'annonce de son décès. En partie fautive, l'usine qui avait négligé de rentrer dans ses murs un fût d'alcool à brûler avec lequel des enfants avaient « joué à faire du feu » nous dédommagea *a minima* et nous relogea. Dans un meublé insalubre. Limite indécent. Alors, certes, nous avions toujours la « vue dégagée sur le volcan » mais les vécés étaient désormais sur le palier et pour notre toilette, il fallait aller tirer chaque matin notre eau au fond du puits – et non du « puy » … – quatre étages plus bas, dans la cour. J'avais cet appartement en détestation encore plus que le précédent. Sainte-Thècle aurait eu un pensionnat, je m'y serais fait admettre sans l'ombre d'une hésitation. C'est dire à quel point de mal-être j'en étais rendue.

Comme toujours, ma mère ne montra aucune émotion. Elle s'obstina à survoler son quotidien circonscrit entre ses journées de dix heures à l'usine, ses dimanches midi chez Céleste et ses nuits dans notre lit-clos. Un lit-clos dans lequel nous dormions tête-bêche. Un lit-clos qui me donnait chaque soir le sentiment de me couler dans un tombeau.

Nous n'avons jamais envisagé de reconquérir le puy de Dôme. Que ce soit à dos d'âne ou avec mes trois cousins – pourtant revenus entiers de la guerre.

Un miracle qui nous aurait peut-être permis de surmonter notre échec.

Six mois après mon passage à l'hôtel-Dieu, un jeune homme de dix-sept ans – qui en paraissait vingt au bas mot – posa ses baluchons sous les toits de notre immeuble. Il s'appelait Séraphin et débarquait de Saint-Éloy, un village minier situé à soixante kilomètres au nord de Clermont. Son père, fauché par la grippe espagnole, avait poussé son dernier souffle le 10 novembre 1918.

— Mourir dans un hôpital militaire, seul, loin des siens, pile-poil la veille du jour où les Boches capitulent après avoir vécu l'enfer absolu pendant quatre ans… Tu trouves pas que la vie peut se montrer dégueulasse parfois ?

La mère de Séraphin travaillait à l'infirmerie du Puits-Saint-Joseph d'où étaient extraites des tonnes de charbon exportées dans tout le pays. Ses enfants désormais dépendants de son seul salaire, elle misait sur son aîné pour permettre aux cinq cadets, garçons et filles, de poursuivre leurs études. Ainsi allait alors le monde des petites gens.

Même si je m'appliquais à le tenir à distance, Séraphin me tapa tout de suite dans l'œil. Il était pourtant petit. Et trapu. Par chance, son regard, qui respirait l'intelligence, compensait tout. Quant à son nez – cassé lors « d'une bagarre d'honneur ! » –, il lui conférait un attrait fou. Futé, gouailleur, téméraire, c'était un garçon plein d'ambitions qui cherchait

« une ville à sa mesure ! ». Clermont-Ferrand, « capitale des Gaules », n'en était à l'évidence pas une.

— En bon Bougnat qui se respecte, je rejoindrai un jour mes oncles à Paris pour vendre du vin et du charbon aux têtes de veau. Et alors, prenez garde les gars : faudra compter avec moi !

En attendant son heure, Séraphin travaillait chez Torrilhon, au département « patins de freins ». Ma mère qui l'avait repéré parce qu'il fumait crânement des Gitanes mais avec sa bande de copains à « la pause médiane » ne l'estima jamais plus que ça. Pour autant, elle ne m'interdit nullement de le fréquenter tant il m'épanouissait – ce qui par ricochet la délestait d'une partie de ses soucis. Elle alla même plus loin puisqu'à condition que ma moyenne se maintienne à 16 et que je ne laisse pas mes sens prendre le pouvoir sur ma raison, j'étais libre de faire – à peu près – tout ce que je voulais avec lui. En jurant la main droite levée vers le ciel, mes yeux ancrés dans les siens, j'obtins qu'elle me lâche la bride.

Grâce à Séraphin, je m'exfiltrai de mon mouroir et cessai de broyer du noir. Je revoyais aussi mon jugement sur l'Auvergne qu'il s'était mis un point d'honneur à faire remonter dans mon estime.

— Prudence, tu peux pas haïr à ce point la plus belle région de France ! C'est juste pas humain.

Pour me permettre de sillonner « son » pays, Séraphin m'apprit à faire du vélo sur un cycle Peugeot. Prestidigitateur à ses heures, il m'en procura un magnifique – avec un dérailleur trois vitesses et des pneus ballon – qu'il sortit de je ne sais où. Et finança avec je ne sais quel argent.

— Faudra pas manquer de volonté quand il s'agira de pédaler, ma Prudence, parce que chez nous, quand ça pince pas, ça pleut : des crachins bien mouillés entrecoupés d'orages !

Je dois avouer que l'entêtement de Séraphin finit par payer : je tombais sous le charme de l'Auvergne. Certes, comme disait Alexandre Vialatte, elle offrait « plus de montées que de descentes ». Mais qu'est-ce qu'elle était riche. Et variée. Je me souviens encore de notre première virée – en train – à Besse-et-Saint-Anastaise où je me fis une entorse à la cheville en voulant dévaler une pente enneigée avec des planches de bois aux pieds – ça s'appelait déjà le ski. Et c'était déjà redoutable !

Ce qui me bouleversa cependant le plus à l'époque fut, je crois, notre étape de trois jours à La Bourboule. Ses thermes néobyzantins fréquentés par une clientèle fortunée me reconnectèrent au Grand Hôtel de la Californie dans une douce nostalgie. Je n'y retrouvais certes pas le gotha de mon enfance mais, les deux fois où j'allai m'y baigner – aux heures de gratuité des Bourbouliens –, j'y croisai de quoi alimenter mon *spleen* : Élisabeth de Roumanie et sa suite ; Sarah Bernhardt et son amant ; le comte de Paris et ses descendants ; le maréchal Joffre et sa moustache ; Sacha Guitry et Yvonne Printemps.

Séraphin m'introduisit aussi auprès des siens. Ils vivaient dans un logis modeste mais soigné. Et chaleureux. Je me sentis tout de suite à l'abri parmi eux. Et aimée pour ce que j'étais.

Malgré son récent veuvage, sa mère, Madeleine, était une femme accorte et joviale. Excellente cuisinière aussi – même si en vieillissant mon appétit s'est rétréci, il m'arrive encore de saliver rien qu'en songeant au moelleux de sa pompe aux grattons. Ses frères et sœurs, bien qu'agités, étaient attachants. Quant à son chien, Capi – ainsi surnommé en hommage au compagnon de *Rémi sans famille* –, il était presque aussi gauche que mon regretté Henri.

Avec Séraphin, je découvris ce que la notion de famille recouvrait : un groupe humain lié par le sang, qui se dispute souvent, se rabiboche – presque – tout le temps, sur qui on peut compter quoi qu'il advienne. De bien. Ou de mal.

Je découvris aussi ce qu'« amitié amoureuse » induisait. Séraphin et moi étions unis par un lien pur et naturel. Quasi fraternel. Aussi incongru que cela puisse paraître pour un garçon aussi « va comme ça peut » que lui, il s'était fixé pour mission de dissiper mon mal de vivre. Ainsi que de me démontrer qu'il n'y avait rien d'indécent à se réjouir des petites choses de la vie.

Soucieux de ma fragilité et de… ma juvénilité, Séraphin ne m'obligea jamais à faire quoi que ce soit que je ne désirais pas. Et pourtant, il était bien plus âgé et en demande que moi. Pour ses dix-huit ans, je l'autorisai – « exceptionnellement, hein ? » – à me caresser les seins. Des seins que j'avais miniatures mais qui pointaient déjà sous mes chemises de lin. Nous campions cette nuit-là, au sommet… du Géant des Dômes. Dans une canadienne deux places achetée pour l'occasion aux Galeries de Jaude. Notre échappée, abordée par le sentier des chèvres – pourtant plus rude que le chemin muletier –, m'avait semblé une promenade de santé. Comme quoi tout est dans la tête. Bien chaussée ou pas.

Depuis notre calamiteuse arrivée à Riom, jamais je ne m'étais autant régalée. Pour me distraire, Séraphin s'éclipsait, bondissait, piquait une tête dans les fossés, surgissait, galopait, se statufiait, bandait ses muscles et soufflait par le nez en faisant des yeux blancs au ciel comme un possédé. Ça peut paraître absurde mais chacune de ses pitreries provoquait mon hilarité.

— Parbleu, Prudence, arrête de faire tout ce boucan ou tu vas réveiller le volcan ! Si par déveine il sort de son sommeil à cause de toi, je pourrai rien faire pour te tirer de là : la lave incandescente t'engloutira et tu mourrrrrrrrrrrrras !

Et mes rires redoublaient. Je n'étais bien sûr pas bécasse au point de le croire. Mais je jouais le jeu pour le plaisir d'alimenter notre joie. Et pour qu'il se jette sur moi afin de me mettre à couvert et me protéger de ce danger imaginaire.

Harassée de fatigue, je dormis cette nuit-là pelotonnée contre lui. En chien de fusil. Avec sa main chaude, un peu râpée, moulée sur mon sein droit qui se soulevait puis s'abaissait au rythme de ma respiration.

Enroulés, épaule contre épaule, dans une couverture de laine rapiécée, nous prîmes un petit déjeuner composé de brioche, de lard et de lait caillé en admirant le jour se lever. Je n'avais jamais assisté à pareil spectacle. Le soleil, tel Vulcain, ouvrait une brèche à la base de la terre. Sans se soucier de lézarder le ciel, il dardait ses premiers rayons avec une majesté à nulle autre pareille. Flamboyant, il devint très vite aveuglant, ce qui nous conduisit à porter notre regard ailleurs. Un ailleurs envoûtant peuplé de près de quatre-vingts volcans alignés comme à la parade.

— Ils portent beau pour de vieux messieurs… Dire qu'ils ont plus de neuf mille ans chacun. Tu te rends compte ?

— Non, c'est trop loin…

Une bouffée d'émotion m'envahit tant tout cela était captivant. Et inouï.

Quand l'épaisse brume du matin s'évapora, on put voir très loin. Au-delà de la plaine de Limagne, de Clermont-Ferrand et du massif de Sancy.

— Jusqu'à la mer, si tu te concentres bien ma belle ! Jusqu'à la grande bleue tout là-bas…

J'avais beau n'y accorder aucune foi, sourcils froncés, je plantai mon regard sur l'horizon dans le vain espoir d'entrapercevoir ma chère Méditerranée.

Sentant sourdre ma peine – et irrité par sa propre balourdise –, Séraphin, me prit les mains. Il les porta à sa bouche pour les réchauffer en les embrassant. Ses baisers, répétés, appuyés me ranimèrent tout entière. Pour finir de détourner mon attention, il pointa du doigt un troupeau de moutons menés par un gros chien de berger qui grimpaient vers nous en bêlant frénétiquement.

— S'ils ne la bouclent pas fissa et continuent à faire tout ce ramdam avec leur cloche, ils vont vraiment me le réveiller, ce fichu volcan. C'est moi qui t'le dis. Non mais quelle imprudence… Prudence, quand on y pense !

Adepte du comique de répétition, Séraphin ne se lassait jamais de ses blagues. Il en riait même souvent. Et tout seul.

Nous regagnâmes Chamalières bras dessus bras dessous en sautillant. Narines palpitantes, cage thoracique bombée, nous humions l'air qui sentait la sauge et le chèvrefeuille. Dans ma cervelle de moineau, je jouais à « quand je serai délivrée de la tutelle d'Yvonne ». Je me voyais bâtir ma vie aux côtés de Séraphin. Une vie peuplée d'aventures extraordinaires, dans une vaste maison où résonneraient des rires et des cris. En observant nos ombres étirées sur le chemin, je discernai deux feux follets qui formaient un couple d'amoureux crédible. Même si nous jurions à nos amis le contraire.

— Oh les amoureux ! Oh les amoureux !

Une semaine après cette mythique ascension, Séraphin ne se présenta pas chez Torrilhon. Sans que je suspecte rien, il avait noué son balluchon pour « conquérir Paname ! ». Là-bas l'attendait un oncle qui avait besoin d'un « gaillard solide » pour ouvrir un troisième débit de « vins et charbons ». Dans le IVe arrondissement, 26 rue Chanoinesse, je m'en souviens avec précision.

Par crainte que je ne le suive et ne laisse tomber Sainte-Thècle, il avait fait le choix de garder le secret. C'est Olympe, la fiancée de Gaston avec qui nous étions allés skier à Besse-et-Saint-Anastaise, qui me révéla sa défection. Un mois après sa disparition.

Je me sentis reniée. Bafouée. Mésestimée. Quelle cruche ! J'avais accordé à Séraphin toute ma confiance – pourtant largement entamée par la guerre et son cortège d'afflictions – et lui, qu'en avait-il fait ? Il l'avait piétinée. Rendez-vous compte : il n'avait même pas jugé bon de me mettre dans la confidence !

Soucieuse d'honorer la parole donnée à ma mère à la sortie de l'hôtel-Dieu, je présentai mon brevet d'études primaires supérieures le 12 juillet 1919. La rage agit sur moi comme un éperon : j'obtins des 18 et des 19 dans toutes les matières. Pour être tout à fait transparente, je voulais aussi me débarrasser au plus vite de cette corvée, pour partir à la recherche de Séraphin à qui je projetais d'arracher les deux yeux avant de verser du jus de citron dedans.

Alors que je faisais la queue au guichet de la gare de Clermont-Ferrand pour m'acheter un billet troisième classe direction Paris avec de l'argent volé à tante Céleste, je tombai sur un vieux journal délaissé sur un banc. En attendant mon tour, je m'en saisis pour tuer le temps – l'employée de la Compagnie du chemin de fer de Paris à Orléans était plus lente qu'une limace abrutie de soleil. Je m'évanouis à même le sol en découvrant un article consacré aux conditions de travail dans l'industrie caoutchoutière régionale.

Extrait de *L'Avenir du Plateau central* daté du 13 juillet 1919.
« *En attendant l'explosion sociale qui ne manquera pas de se produire si les patrons ne refondent pas les conditions de travail de leurs ouvriers et donc le protocole de transformation de l'* Hevea brasiliensis*, l'industrie caoutchoutière auvergnate a fait chez Torrilhon, le 16 juin dernier, une septième victime, en moins d'un an. Une victime passée sous silence à dessein mais dont nous ne tairons pas le martyre, puisqu'il concerne celui d'un jeune homme de 18 ans, Séraphin B., mort sous le poids d'une palette de deux tonnes de gomme mal arrimée. La colonne vertébrale en miettes, les poumons perforés, ce beau et vigoureux garçon dont l'avenir s'annonçait* [...]. »

Pour me prémunir d'une récidive, ma mère – qui avait assisté aux premières loges à l'agonie de Séraphin – avait obtenu que la vérité ne me soit pas dévoilée. Pour Yvonne, « mieux valait la colère au désespoir » qui m'aurait à n'en pas douter renvoyée sans détour à l'HP. En un sens, elle avait vu juste, puisqu'au lieu de cesser de m'alimenter, je m'étais libérée avec brio de mes obligations scolaires. Et puis surtout, j'avais engrangé assez de forces pour aller en découdre à Paris avec ce « traître de Séraphin ». Ma confiance dans les adultes en fut toutefois corrompue à jamais. Comment avait-on pu me cacher une chose aussi abominable ? Me mentir avec un tel cynisme ? M'interdire de pleurer celui qui m'avait permis de renouer avec la gaieté ? Me voler mon deuil ?

Démolie, je repris ma grève de la faim, résolue à rejoindre Séraphin quelque part là-haut si tant est qu'un là-haut existe. Désemparée par ma rechute – et maudissant son inconséquence –, Yvonne supplia Madeleine, la mère de Séraphin, de bien vouloir me porter secours. Pleine de bonté, elle refit le voyage depuis Saint-Éloy pour me tirer de ma dépression.

Absorbée par les dizaines de lézardes qui sillonnaient mon plafond telles les fissures de mon cœur, je rejetai d'abord toute communication.

— Prudence, regarde qui est là pour toi, lança ma mère avec autorité. Retourne-toi, je te le demande.

Plus raide qu'une planche de bois, je ne bougeai pas d'un iota.

Madeleine s'assit sur le rebord de notre lit avec précaution. Après quelques minutes sans bouger, comme si elle craignait de m'importuner, elle se risqua à déposer un baiser sur mon front, ce qui me fit sursauter.

— En vidant la chambre de Séraphin, j'ai découvert sous son matelas les journaux qu'il tenait depuis ses onze ans. Il t'évoque dans le dernier avec une sincérité si grande qu'on en oublierait presque qu'il n'est plus de ce monde. On croirait l'entendre parler. Nous parler… Veux-tu que je t'en lise des extraits ?

Appâtée par ce cahier qui avait appartenu à mon premier et meilleur et seul… ami, je ne pus me retenir de me retourner pour m'assurer de son existence. Du bout des doigts je touchai son cahier maculé de taches d'encre dans le vain espoir de retrouver trace de son corps et de son odeur. Percevant ma déception, Madeleine enchaîna sans me laisser le temps de me décider. Sa voix faussement – et maladroitement – enjouée fit écho à ma douleur.

— Je vais juste te lire les passages qui te concernent. D'accord, Prudence ? N'y vois pas malice, s'il te plaît. Ce cahier m'achève chaque fois que je l'ouvre. C'est pour toi et toi seule que je m'y replonge. Pour que tu saches à quel point tu lui étais chère. Pour que tu sois convaincue que, là où il repose désormais, Séraphin veille sur toi maintenant et pour l'éternité.

Amen.

« 13 janvier 1919
J'ai emménagé ce midi dans une mansarde à Chamalières. Merci ma mère de me l'avoir dégotée, j'ai déjà envie de décamper : le parquet est piqué par les vers et, entre les tuiles et moi, le plafond n'est que fentes et trous. Par miracle, il fait beau et je peux voir cavaler les nuages par les failles du toit qui mériterait, lui aussi, qu'on le rafistole. Je crains le pire pour quand il pleuvra ou neigera. Le grabat qui me sert de matelas est un pucier et le chien-assis, dont trois carreaux sont pour partie descellés, laisse entrer l'air. Par bonheur, la vue sur le puy compense (un peu) l'état de décrépitude avancé du lieu : elle est à

couper le souffle. Je n'ai ni l'électricité ni l'eau courante que je dois puiser dans la cour. Se loger ne constituerait pas un tel combat, jamais je n'aurais accepté de vivre dans ce taudis. Et puis… il y a dans l'immeuble une petite gamine revêche qui vit avec sa mère au quatrième. Je ne saurais dire pourquoi mais elle m'a tapé dans l'œil et me plaît bigrement. »

« 14 janvier 1919
Je commence demain chez Torrilhon. Le manque de main-d'œuvre est si criant et leur carnet de commandes si gavé qu'ils sont prêts à recruter toute personne équipée d'une paire de bras et de guiboles pour faire tourner leur bazar. Les conditions de travail sont comme je m'y attendais : raides. Le recruteur m'a suggéré de faire profil bas si je tenais à faire de vieux os à l'usine : les femmes assurent sans chouiner depuis quatre ans et il paraît que ça doit forcer le respect. Pas de malaise avec ça. De toute façon, je m'en tape de ce boulot : dans un an, je décarre à Paris pour rejoindre oncle Guy. Un truc fou : la mère de la petite gamine revêche sera ma daronne. Si elle est aussi ténébreuse que sa progéniture, je ne vais pas me boyauter tous les jours. »

« 20 janvier 1919
J'ai pris mon courage à deux mains et j'ai approché la petite en lui proposant de monter chez moi pour mater le puy qui en jetait aujourd'hui. D'accord, c'était pas fin-fin mais le point de vue valait le coup d'œil : couvert, depuis hier, d'une épaisse couche de neige, il rutilait comme

jamais. Comme je m'y attendais, je me suis pris une veste. Et une belle ! Pas le style à se laisser conter fleurette, la gamine revêche. Quant à espérer la tripoter un jour, je crois que je peux me toucher. La prise sera d'autant plus glorieuse… si j'arrive à l'amorcer. »

« 23 janvier 1919
Sans les femmes, Torrilhon tournerait pas rond. Peut-être même que l'entreprise boirait le bouillon. Les ouvriers qui ont retrouvé leur poste après quatre années de combat sont bousillés. Et pas qu'un peu. Quand c'est pas la tête qui se déglingue, c'est le corps qui se débringue. Parfois même, les deux déraillent. Je pige pas trop qu'on partage pas les mêmes droits : elles bossent autant que nous, à des postes aussi physiques, pour un salaire journalier bien inférieur au nôtre. Je serais aux manettes, je te révolutionnerais tout ça. »

« 1er février 1919
J'ai proposé à la gamine revêche de fêter la Chandeleur. J'ai fait chou blanc. Elle ne sait pas ce qu'elle rate, elle devrait au moins goûter. »

En me conviant dans son intimité par la voix de Madeleine, Séraphin arrivait encore à me titiller. Mais bien entendu que j'en avais déjà mangé, des crêpes. Que croyait-il, le bougre ? Des tonnes de crêpes, même. À m'en exploser la rate ! À l'époque du Grand Hôtel de la Californie, quarante jours après Noël, ma mère organisait un grand goûter de crêpes noyées dans le cidre. Une journée durant, tout le bâtiment embaumait le caramel et la confiture de lait. De la cave au grenier, la liesse et l'ivresse s'invitaient à tous les étages de la « maison. »

C'était pour ne pas risquer d'écraser ces reliques si précieuses que je m'interdisais les crêpes de Séraphin.

« 4 février 1919
Par la fenêtre de l'escalier du deuxième, j'ai espionné hier soir la gamine revêche. Elle piquait une crise contre la concierge au sujet d'un tuyau percé qui inondait leur appartement. Quel caractère ! Ses yeux noirs, sa peau cuivrée et ses cheveux couleur de suie lui donnent un air corse. On dirait la Colomba de Mérimée. Le seul livre de l'école que j'aie jamais terminé de ma vie. Un signe ? »

« 5 février 1919
La glace est rompue avec la gamine revêche. Dans les deux sens du terme. J'ai brisé, ce matin, pour elle, à coups de pelle, l'épaisse plaque de gel qui bouchait la cuvette des toilettes l'empêchant de se soulager, la pauvre. Pas très romantique mais efficace. Du coup, j'ai pu lui faire après un brin de causette sans qu'elle m'envoie valser. Elle se prénomme Prudence. Prudence : quel prénom curieux. Je savais même pas que ça pouvait exister de s'appeler Prudence. Ses parents l'ont baptisée comme ça pour remercier une sainte de la région de Côme sans le patronage de laquelle son père se serait noyé dans un lac de montagne quand il était môme. J'en conclus qu'elle est pour

moitié italienne. Je n'avais pas si faux quand je l'imaginais corse. »

« 6 février 1919
Prudence me renverse. Comme un char de foin… Comble de malchance, elle n'a pas quatorze ans. Je lui en aurais donné facile trois ou quatre de plus. À ma décharge, elle est pas petiote. À moins que ce ne soit sa maigreur qui la fasse paraître si grande à mes yeux. Ou l'affection que je lui porte… »

« 7 février 1919
J'ai croisé Prudence dans l'escalier. En retard pour l'école, elle dévalait les marches quatre à quatre sans se soucier du bruit de cavalcade qu'elle faisait. Arrivée à ma hauteur, elle m'a souri et jeté un "Bonjour !". Son chignon, qui répandait comme un effluve de jasmin, dévoilait sa nuque qu'elle a frêle. J'y ai perçu comme un petit vallon duveteux dans lequel je me suis retenu de fourrer mon nez pour m'imprégner de son odeur. La perle de sueur qui roulait dans le sillon de son cou était si mignonne que j'en ai eu la respiration coupée et les pilons sciés. Je dois me sortir cette fille de la tête : elle est trop jeune pour moi. Et puis, il y a un truc qui cloche chez elle. »

« 10 février 1919
Ça fait deux soirs que je rejoins la gamine revêche sur son palier pour causer. Ça me rend chose. »

« 18 février 1919
J'ai indiqué à Prudence comment mater les pimbêches qui la rendent chèvre à Sainte-Thècle. Si elle s'en sort pas, je m'y collerai. Elle a passé deux mois à l'hôpital à la fin de l'année dernière parce que plus rien n'arrivait à passer par sa bouche, même du pain. Bien qu'il paraisse qu'on peut mourir de ça, j'ai jamais entendu parler d'une chose aussi tordue. Elle m'a expliqué que c'était parce qu'elle avait été chahutée ces trois dernières années : son père est mort à la guerre, elle a quitté la Riviera où elle menait une vie pépère et sa mère est plus dure qu'une pierre. Je vais m'occuper de son cas. »

En écoutant Madeleine prononcer ces propos, mes lèvres se mirent à trembler. Je me doutais bien que Séraphin avait le béguin pour moi. Mais pas à ce point.

« 3 mars 1919
J'ai appris à Prudence à faire du vélo. Au début, ça n'a pas été du gâteau : elle faisait aucun effort et je me retenais tout le temps d'exploser. Et puis, elle a fini par m'avouer que le vélo lui rappelait quand son père la prenait sur son porte-bagage pour se rendre à la plage où ils pique-niquaient. Ça lui pique les yeux rien que d'y repenser. Une fois son sac vidé, ça a été mieux. On s'est entraînés à Bellevue toute la journée. Le soir, elle zigzaguait plus. Elle m'époustoufle, comme dit maman. »

« 5 mars 1919
Ce soir, Prudence aura quatorze ans (QUATORZE ANS !). J'ai déjà acheté son cadeau : un Peugeot presque neuf. Quand le soleil pointera son blaire, nous irons nous balader avec et je prouverai à Prudence que l'Auvergne est aussi belle que sa Côte d'Azur. Voire plus ! Les cigales et le soleil en moins, mais là je peux pas lutter. »

« 9 mars 1919
Yvonne m'a convoqué juste après avoir pointé. Je pensais qu'elle me ferait la misère pour avoir clopé dans les toilettes, mais non. Elle voulait juste connaître mes "intentions avec Prudence". Je lui ai dit que je ne lui voulais pas de mal. Et même que je l'aimais comme une sœur (et non que je l'aimais "tout court"). Après un drôle de soupir, elle m'a balancé qu'elle me portait pas "en bien haute estime" mais que comme sa fille regagnait du poids depuis qu'elle me fréquentait, elle s'interposerait pas. Après m'avoir répété à quel point Prudence était "vulnérable", elle m'a juré qu'elle me ferait vivre l'enfer si je lui brisais le cœur ou tentais de lui voler "sa virginité". Avant de me renvoyer à mon poste, elle m'a demandé quels projets j'avais "échafaudés pour Prudence et le vélo Peugeot". J'ai les coudées franches tant que je respecte le contrat. Je la soupçonne d'être soulagée que sa fille soit occupée ailleurs, cela lui permet de se vautrer dans la solitude. Je peux pas la piffrer. »

« 21 mars 1919
J'ai pris un jour de congé pour présenter Prudence à la famille. Maman avait cuit une pompe aux grattons. Je

crois pouvoir dire qu'elle l'avait jamais aussi bien réussie. Prudence en a repris trois fois. La marmaille ne lui a pas lâché la grappe de la journée. Quant à Capi, c'est comme s'il l'avait toujours connue. La route du retour a été dure. On était lestés. »

« 3 avril 1919
Prudence m'aime. Mais elle l'ignore. Elle est trop jeune et toujours trop tourneboulée par la mort de son père pour oser se l'avouer. Ce serait renier celui qui lui a donné la vie. »

« 17 avril 1919
Prudence assure vouloir arrêter ses études après son brevet . Elle est marteau. Forte comme elle est, elle pourrait devenir docteur, professeur ou même ingénieur. J'aurais le dixième de ses capacités, je ne me crèverais pas la patate chez Torrilhon en attendant qu'oncle Guy me siffle pour monter faire mes preuves à Paris. »

« 19 mai 1919
J'ai rêvé que je faisais l'amour à Prudence. Je me suis réveillé très gêné. »

Dire qu'il avait fallu ce journal, pour que j'ouvre les yeux et voie à travers son jeu. Quelle ingrate j'avais été lorsque je l'avais haï pour m'avoir trahie.

« 29 mai 1919
La Pentecôte est chômée cette année chez Torrilhon. On va en profiter pour partir fêter mes dix-huit ans, dimanche,

au sommet du puy. On rentrera lundi en fin de matinée pour que Prudence rate pas l'école. Elle est mon diamant et je suis son écrin. Je vais l'aimer et en prendre soin pour l'éternité. Que personne ne lise jamais ces lignes ou je suis un homme mort. »

Submergée par l'émotion, je me laissai aller à pleurer. Jamais… jamais je n'aurais soupçonné que Séraphin, le coq, le roc, le dur, le fier-à-bras, puisse être aussi fleur bleue. Ni combien cette phrase s'annonçait prophétique.

« *9 juin 1919*
Notre virée en amoureux était mieux qu'un rêve. À croire que les oiseaux, les fleurs des champs, le vent, les nuages, les papillons, les volcans, la brume, les cailloux, le soleil, la lune, les étoiles, les rochers, l'herbe mousseuse, les dieux du temple de Mercure, l'air que nous respirons s'étaient passé le mot pour que notre escapade soit couronnée de succès. Arrivé au sommet, j'ai pu l'embrasser. L'émotion m'a rendu maladroit mais Prudence a mis tant d'élan dans son baiser et en même temps tellement de précautions que je me suis retenu de chialer comme un mioche. Pour la première fois depuis que je la connais, la petite gamine revêche s'est blottie à mes côtés. Comme un chiot contre le ventre chaud de sa mère. Elle m'a pas repoussé quand j'ai posé ma grosse main calleuse sur ses tout petits seins. Sa respiration m'a bercé. Et je me suis endormi plus benêt qu'un âne. Ça a duré une nuit… »

« 12 juin 1919
Lorsqu'elle sera "finie" j'épouserai Prudence. Elle s'appellera Berthomier. Comme moi. Nous n'aurons pas d'enfant pour que rien ne s'immisce entre nous.
Elle est ma fée. Ma déesse sacrée. »

Son journal s'arrêtait là. Net. Quatre jours plus tard, aux alentours de onze heures, Séraphin expirait dans d'affreuses douleurs sous les yeux de ma mère. Il n'y avait pas de malveillance dans ce mensonge par omission : Yvonne sous-estimait juste la force du lien qui nous attachait. Je lui en ai voulu néanmoins. Un temps certain.

Contre toute attente, je ne sombrai pas dans une profonde mélancolie comme après la mort de mon père. Ou de notre déménagement à Riom. Préférais-je le savoir mort en martyr de l'industrie caoutchoutière plutôt qu'en lâche ? Je ne me souviens plus exactement des sentiments contradictoires qui m'étreignaient alors mais je sais que, faute de mourir de désarroi, je demeurai hébétée. Et comme suffoquée tout l'été.

Pour me secouer, Céleste m'exhorta à l'accompagner deux semaines sur la côte Atlantique. À Contis-les-Bains, un bourg de pêcheurs campé au milieu de nulle part. Nous séjournions dans un vaste airial, assez sommaire. Loué à un exploitant de bois, il était un peu en retrait dans les terres, à l'ombre des chênes et des pins. De ces vacances, je ne me souviens de presque rien. À part d'avoir beaucoup… beaucoup marché sans jamais éprouver la fatigue qui, faute de m'épuiser, me vidait la tête. Du haut des dunes pareilles à des vagues prêtes à casser, l'horizon était si large et si lointain qu'il me semblait distinguer la courbure de la Terre. La plage, désertée par les pêcheurs dès que l'on s'écartait un peu du hameau, n'avait pas de fin. Elle changeait de couleurs au gré des nuages poussés par le vent et sa palette allait du jaune d'or au vif argent. Le soleil de juillet, incandescent, me consumait le corps et les yeux. Et mouillait mes vêtements. Pour me laver de cette eau qui s'écoulait le long de mon dos comme une myriade de petits ruisseaux, je piquais des têtes tout habillée dans les baïnes et tentait – sans conviction – de me laisser emporter par leur courant. Comme Jeanne, *L'Ensorcelée* de Barbey d'Aurevilly. Malencontreusement – ou habilement –, mes jupons gonflés d'air me maintenaient à la surface et m'empêchaient de perdre pied. Convaincue que mon heure n'était pas encore – tout à fait – venue, je pris parti de m'accrocher à la vie. Pour honorer Séraphin qui aurait voulu qu'il en soit ainsi. Peut-être aussi commençais-je à me résoudre à l'idée que mon passage sur Terre ne serait qu'une succession d'épreuves. Et de désastres. Qu'il me faudrait apprendre à les encaisser pour supporter ma destinée qui me faisait bien peu de présents.

De retour à la maison – et avant d'embaucher chez Torrilhon sur une chaîne de production de poires en caoutchouc pour klaxon –, je remontai, seule, au sommet du puy de Dôme. Je fis cette fois-ci l'ascension d'une traite, sous une pluie d'été grasse et pénétrante. Arrivée au sommet, je fis ce pour quoi je m'étais imposé ce calvaire : je hurlai, à pleine poitrine, bras tendus vers le ciel, poings serrés, telle une aliénée. Je ris, pleurai, insultai, tapai du pied et interpellai Séraphin : « Pourquoi t'es parti ? » – « Je fais comment, moi, sans toi en bas ? » – « T'es où à la fin ? » Je n'avais plus peur de personne ni de rien. Et surtout pas de réveiller cet apathique volcan endormi depuis plus de dix mille ans.

En dépit des apparences, de ce drame, je suis sortie grandie. Trempée dans l'airain. Et ce, grâce à Séraphin. Depuis qu'il est mort, cet ami, mon frère, mon mentor, mon presque fiancé, me porte et me guide quand je fais appel à lui. Lorsque j'ai peur, souffre dans ma chair et dans mon cœur, suis incapable de trancher ou accablée de tourments, je le convoque et il intervient. Avec lui, tout s'éclaire et prend sens. Il ne ramène pas mes morts à la vie mais il fait sa part de boulot. Et m'épaule, sans coup férir.

Avec les années, Séraphin s'est peu à peu éclipsé, estimant probablement que j'étais devenue assez forte pour contrer seule l'adversité. Il a pris ses distances, de manière insensible mais certaine. Comme l'eau de la rivière érode les pierres de son lit à force de couler.

Je n'ai depuis reconquis « que » deux fois le puy.

La première fois, c'était en juin 1936, avec ma petite troupe. Profitant des premiers congés payés obtenus de haute lutte par Fernand et… accessoirement Léon Blum, nous avions entrepris de parcourir le Puy-de-Dôme à vélo – le département, pas le volcan – en faisant un petit crochet par Vichy, dans l'Allier – le département, pas le cours d'eau. Il me tenait à cœur que les enfants découvrent la ville où était née leur grand-mère Yvonne. Et se gavent de pastilles octogonales à la menthe – à défaut de s'ébaubir devant ses thermes néomauresques.

Les fesses calées entre deux sacs à dos, dans un inconfortable charreton tour à tour tracté par Paul et Fernand, ma mère avait serré les dents tout le long de la randonnée. Et bien sûr de l'ascension du volcan sous une chaleur de cloporte. Sans ombrelle et sans le plus petit filet d'air frais. Consciente que sa situation était plus enviable que la nôtre – nous devions pédaler sec –, elle n'avait pas proféré le début d'un son. Ses rictus et ses soupirs à répétition en disaient pourtant long. Ce qui faisait se gondoler les grands. Et grimacer leur père dont la patience était pourtant proverbiale.

C'est là-haut que nous avons conçu notre quatrième et dernier enfant, Mathilde, ce qui m'apparut comme un miracle tant cela faisait longtemps que nous n'avions plus fait l'amour avec Fernand. Et tant je ne me croyais plus féconde. J'avais pourtant à peine trente et un ans… Ce qui aiguisa mes ardeurs ? L'intrépidité et la pugnacité dont mon mari avait fait preuve pour que débrayent les Bibs en mai 1936, après la victoire du Front populaire.

Mon ultime ascension sera celle de juillet 1953, il y a presque trente ans.

Je vivais alors seule avec Mathilde, dans notre pavillon Michelin : Jeanne – qui venait de passer son concours de greffière – s'était établie à Riom où elle officiait à la cour d'appel. Et Valentine – qui venait d'épouser Christian – avait déménagé à Lyon où elle assistait son mari à la direction de son magasin d'électroménager « français ET américain ! ».

— Un must pour l'époque, maman ! Un muuuuuuuust, ne cessait-elle de répéter pour contrecarrer ma mine dépitée.

« Un must », je ne sais pas. Mais « un must » qui faisait de ma deuxième fille une vendeuse de frigidaires et de sèche-cheveux enchaînée à son mari plutôt qu'une femme libérée – ce à quoi ses études d'histoire à la faculté la prédestinaient… en théorie.

C'est pour faire plaisir à Mathilde, ma petite dernière devenue grande, que j'avais accepté de me « re-fader » ce foutu volcan. Elle voulait que nous fassions « un pèlerinage païen au sommet du puy en mémoire de sa conception par une chaude nuit d'été ! ».

— On dira que ce sera mon cadeau pour avoir obtenu mon bachot à seize ans avec la meilleure note de l'académie. Dix-neuf et demi, ça mérite une petite suée, non ?

De là à croire que le concept de cadeau immatériel ait commencé à germer dans mon esprit ce jour-là…

Plus que gravir le volcan, Mathilde, jeune fille précoce et affranchie, convoitait avant tout un tête-à-tête avec sa mère. J'avais depuis sa naissance consacré tant de temps à mes patientes – au détriment des miens – qu'elle avait un « petit point de ma psychologie à éclaircir ». Tout un programme.

L'ascension s'opéra dans la bonne humeur : plutôt que d'entrer tout de suite dans le vif du sujet, nous avons d'abord brodé sur son futur quotidien au lycée Louis-le-Grand où elle était admise en hypokhâgne ; nous nous sommes ensuite projetées en train de visiter le siège du Parti rue Pelletier, où nous croiserions avec un peu de chance Jacques Duclos et Maurice Thorez ; nous nous sommes enfin rêvées virevoltant sur des sessions de jazz dans des caves enfumées de Saint-Germain-des-Prés.

C'est seulement quelques mètres avant le passage de la ligne d'arrivée qu'elle me confessa le fond de sa pensée.

— Y a un truc chez toi qui m'a toujours, mais toujours chiffonnée : pourquoi t'as jamais appelé grand-mère « maman » ? Pourquoi quand tu parles d'elle, tu dis toujours « Yvonne » ou au mieux… « ma mère » ?

Cette question que je n'avais pas vue se profiler me fit l'effet d'une douche glacée.

J'attendis néanmoins que nous soyons installées sur les marches du temple de Mercure pour tenter de me justifier.

— Du plus loin qu'il m'en souvienne, j'ai, je crois, appelé Yvonne maman jusqu'au décès de papa. Du jour où il est mort au combat en 1916, elle s'est faite veuve à plein temps et n'a plus voulu, ou pu, se montrer maternelle avec moi. Quand nous serons de retour à la maison, je te ferai lire le courrier qu'elle m'a laissé quand elle a fugué à la mort de son mari : elle le signe d'un très éloquent « Yvonne » et non « maman ». J'ai essayé plusieurs fois de comprendre. Je me suis montrée menaçante, compréhensive, cajolante. Sans succès. Je suis même allée jusqu'à cesser de m'alimenter pour flirter avec la mort et attirer son attention. Rien. Elle s'est toujours défilée. Yvonne adorait Luigi et rester debout après lui lui a, je pense... je suppose, demandé tant d'énergie qu'elle a dû démissionner de son rôle de maman. Je lui en ai longtemps voulu, d'autant plus que moi aussi son absence me ravageait. Le vide qu'il laissait dans nos vies était incommensurable. Il était tout pour moi – mon guide, mon idole, mon roi – et le couple qu'il formait avec ma mère était si fort et si beau qu'il me remplissait de sève et de joie. Yvonne a toujours fait en sorte que je ne manque de rien. Sauf d'affection. Elle n'en avait plus à donner à qui que ce soit après la mort de papa, ce qui explique qu'elle ne se soit pas remariée et n'ait jamais noué aucun lien d'amitié en Auvergne. La seule personne qu'elle ait fréquentée dans la région était sa tante Céleste. Mais je ne suis même pas sûre qu'elle l'ait aimée au sens propre du terme. Je crois qu'avec elle, elle tuait, le moins désagréablement possible, le temps qui la séparait du jour où elle rejoindrait Luigi. Sais-tu que son plus lumineux sourire fut celui qu'elle esquissa lorsqu'elle poussa son dernier soupir, il y a huit ans ?

Un bébé merle chanta. Nous l'avons écouté avec déférence en profitant d'une brise bienvenue. Quand il se tut, Mathilde sauta sur l'occasion pour relancer le fil de la conversation.

— Avec nous, pourtant, grand-mère, elle n'était pas comme ça. Pas comme tu dis, quoi. Elle était même parfois, bien plus… maman que toi.

Si cette dernière saillie me blessa, je ne fléchis pas. J'étais bien trop fière pour cela. Je n'avais certes jamais prétendu être une mère parfaite mais je croyais, quand même, avoir été maternelle.

— C'est vrai que je ne me suis pas toujours occupée de vous et… de toi en particulier autant que je l'aurais voulu ou souhaité mais c'est aussi à cause ou… grâce à Yvonne. Je ne pense pas que tu sois au courant de ce que je vais te raconter parce que je n'en ai jamais fait publicité mais j'ai failli mourir en accouchant de Paul à dix-huit ans. Ce jour-là, j'étais seule à la maison et je ne connaissais rien à l'anatomie de mon corps. La première fois que j'ai eu mes règles et découvert mes culottes souillées, j'ai cru ma dernière heure arrivée. Tu te rends compte que c'est mon copain Séraphin, un homme, qui m'a rassurée ! Jusqu'à la naissance de ton frère, j'ignorais par quel trou sortaient les enfants. Yvonne ne m'avait rien expliqué. Albertine aurait pu m'éclairer mais mon ignorance était si crasse que l'idée même d'aborder le sujet avec elle ne m'était jamais montée au cerveau.

Quant à tante Céleste, auprès de qui j'aurais pu me tourner, elle était partie trop tôt pour m'initier à quoi que ce soit. Sais-tu que c'est ton père qui m'a sauvée d'une mort certaine en repassant par hasard à la maison chercher une feuille de notes oubliée pour préparer une réunion syndicale ? Il m'a trouvée étendue dans une grande flaque de sang sur le carrelage de la cuisine avec Paul qui vagissait à côté de moi. Le cou enserré dans son cordon, il était bleu de froid. Sans montrer le moindre signe de panique – tu connais ton père : rien dehors et tout dedans –, il est allé chercher une voisine qui lui a coupé le cordon tout en lui prodiguant les premiers soins. Et il m'a fait revenir à moi à l'aide de petites tapes. J'ai été hospitalisée plus de deux semaines dans un état critique et mes jours ont été comptés. Ton frère et moi, on est passés à un cheveu de la mort. Quand je suis rentrée chez nous, j'étais exsangue et… écumais de rage contre Yvonne qui avait manqué à tous ses devoirs de mère au point de nous mettre en danger, moi et mon bébé. Elle s'en est rendu compte à la minute même où elle a franchi le seuil de ma chambre à la clinique Michelin.

Pour tenter de se racheter, elle s'est occupée de Paul comme elle ne s'était plus jamais occupée de moi après la mort de papa. Et elle a fait la même chose avec tous ses petits-enfants. Quand Fernand lui a proposé de lâcher son emploi et d'emménager à la maison en 1935, elle a épousé à plein temps son rôle de grand-mère… ou de mère, si tu préfères. C'est toi qui juges. J'étais tout à la fois irritée, contente et soulagée. Irritée qu'elle n'ait pas été foutue de faire ça pour moi. Contente que vous profitiez d'elle malgré tout… à défaut. Et soulagée qu'elle prenne le relais à la maison, se substitue à moi quand j'ai repris mes études pour devenir sage-femme puis commencé à arpenter la campagne pour aider des femmes aussi ignares que moi quand Paul a pointé son nez avec trois semaines d'avance. Sans son dévouement certes tardif mais bien réel et la complicité de Fernand, jamais je n'aurais pu m'accomplir… C'est compliqué la vie, tu ne trouves pas ?

— J'ai toujours cru que tu n'aimais pas grand-mère. Je suis rassurée qu'il n'en soit rien même si tu préférerais te promener nue dans la rue avec un chapeau pointu plutôt que de l'avouer. Elle comptait beaucoup pour moi ta… maman, tu sais.

Avant d'entamer notre descente, nous avons fait le tour des ruines, sans nous presser et sans mot dire, en nous tenant la main. Très fort. Cela faisait des années que je n'avais pas senti ses petits doigts devenus si longs et si fins enchâssés aux miens.

La vue à 360 degrés depuis le sommet du puy était magnifique. Rien à voir avec celle de l'Estérel bien sûr mais tout aussi grisante dans cette lumière dorée de fin de journée. Sans raison aucune, je pressentais qu'il fallait que j'en profite parce que je doutais déjà de jamais refaire l'ascension du volcan. Grâce à Mathilde, j'avais été obligée de déposer les armes. Pour autant, je n'arriverais jamais plus à appeler ma mère « maman ».

En redescendant les pentes abruptes de ce vieux mastodonte avec qui je partageais des tonnes de souvenirs plus ou moins gais, je me dis que je m'étais fait un ami. Une sorte de berger auquel me confier, sous la protection duquel je pourrais me ranger le jour où mon moral vacillerait. Pas une fois depuis il ne m'est arrivé de débarquer à Clermont à pied, à vélo, en voiture ou en train, sans chercher à embrasser du regard son sommet pour m'enquérir de son état et me laisser guider. Telle la flèche d'une boussole indiquant à coup sûr la direction à suivre pour rejoindre « ma » maison de Clermont.

Le Chant des partisans

Le Chant des partisans *ou* Chant de la Libération *est un hymne entonné et sifflé par les résistants français pendant la Seconde Guerre mondiale. Il a été composé à Londres par Maurice Druon et son neveu Joseph Kessel sur une musique d'Anna Marly.*

Après avoir offert Le Grand Hôtel de la Californie à Marguerite, l'*Hevea brasiliensis* à Charlotte et le puy de Dôme à Hélène, il ne fallait pas que je me rate avec Paul, le premier petit-fils de la famille.

Né le 7 janvier 1959 à la maternité de Port-Royal à Paris, Paul était le fils de Mathilde et de « S. tout court », un traqueur de nazis d'origine israélienne, infiltré dans un réseau d'anciens collabos parisiens. « N'en déplaise aux bien-pensants » dont elle se contrefoutait « éperdument », Mathilde avait fait le choix de mener sa grossesse à terme sans tenir son géniteur informé de son existence. Et, soit dit en passant, sans jamais nous révéler son identité.

— Tu nous as éduquées en nous expliquant que nous devions rester maîtresses de notre corps et de notre avenir. Je ne fais donc qu'appliquer à la lettre tes préceptes en gardant ce bébé. Il est le fils d'un survivant des camps, c'est-à-dire d'un miraculé sorti de l'enfer. Par conséquent, je ne me vois pas le tuer. Ni le lui imposer alors qu'il est accaparé par une mission qui me… qui le… qui nous… dépasse tous. Mon choix est éclairé et non imposé par la société. La mère d'une amie aurait pu me le faire sauter en deux temps trois mouvements dans son salon. Cela ne m'aurait pas posé le plus petit problème moral : j'ai lu et j'adhère à cent pour cent aux thèses que Beauvoir a développées dans son *Deuxième Sexe*.

Alors que je lui objectais qu'elle n'avait que vingt-deux ans et qu'elle commençait tout juste à enseigner – ce qui risquait de freiner sa carrière universitaire –, elle me riposta, bravache, que parachever sa thèse et élever seule cet enfant ne lui semblaient pas incompatibles.

— Et, non, maman, je n'ai pas besoin d'un homme pour cela.

Affirmation soutenue mordicus jusqu'à ce que Bruno, brillant physicien de douze ans son aîné, l'apprivoise, conçoive avec elle leur fille Béatrice, adopte son fils en 1965 et lui permette de souffler – enfin – un peu.

Mathilde avait prénommé son fils Paul en mémoire de son grand frère qu'elle adulait et dont la disparition survenue alors qu'elle n'avait que dix ans avait laissé chez elle un vide abyssal. Je n'étais pas convaincue que c'était très sain, mais Mathilde n'en faisait toujours qu'à sa tête. Une vraie mule.

À « Paul Junior » donc, fils de « S. tout court », traqueur de nazis et digne héritier de son oncle « assassiné par des traîtres indochinois » en embrassant la cause des *coolies*, je décidai d'offrir comme cadeau immatériel, *Le Chant des partisans*, hymne de la Résistance française. Un moyen comme un autre de lui révéler mon combat à moi pour la défense de nos libertés et de notre dignité.

Sans ma copine Albertine Danger, jamais je n'aurais acquis de conscience politique. Ni fredonné par une rocambolesque nuit d'été les paroles de cette chanson si poignante.

Mais quel long et sinueux chemin il me fallut parcourir pour en arriver là.

Petite, les conversations, captées à la volée dans la salle à manger des employées du Grand Hôtel de la Californie, m'avaient certes sensibilisée au débat oratoire mais, après notre départ de Nice, tout ce qui touchait à la guerre et à ses corollaires devint tabou chez nous. Quant à nos nouvelles – et rares – fréquentations auvergnates, inutile de compter sur elles pour m'initier au monde des idées puisqu'aucune ne brillait par ses convictions : tante Céleste ne jurait que par son mari ; Mlle Nourisson, par Dieu ; et ma mère, par Torrilhon. Il va sans dire que je n'ouvris plus jamais le journal depuis que j'avais appris par voie de presse la mort de mon cher Séraphin.

Albertine, vingt-deux ans, fut une bouffée d'oxygène dans ma vie. Elle lui donna, si ce n'est un sens, du moins du relief et du lustre. Quand je la rencontrai, à seize ans, dans le vestiaire des filles de chez Torrilhon en septembre 1919, elle ne mangeait, dormait, couchait, marchait, rêvait et parlait que de la SFIO. L'Internationale socialiste et l'URSS étaient ses deux pôles. Et Lénine – dont le portrait au fusain était accroché sur le linteau de sa cheminée –, son idole. J'adhérais, je crois, plus à la flamboyante énergie qu'elle dégageait qu'aux doctrines qu'elle défendait et... que je saisissais à peine. Qu'importe : elle m'avait « adoptée », ce qui m'autorisait à la suivre partout où elle allait. Dans la limite des mensonges que nous tricotions sur mesure pour qu'Yvonne n'en fasse pas une jaunisse.

C'est ainsi qu'en décembre 1920, nous lui fîmes gober que nous partions randonner en raquettes autour du Mont-Dore alors que nous filions à Tours pour ravitailler en sandwiches les représentants de la section socialiste auvergnate invités à participer au 18e congrès national de la SFIO ! Rien que ça.

Bien que cantonnée aux cuisines, je garderai toujours en mémoire l'euphorie qui s'empara d'Albertine lorsqu'à l'issue de six jours de débats houleux naquit la Sfic, futur Parti communiste français. Orpheline depuis la mort de Jaurès, mon amie trouva dans ce nouveau parti de quoi recharger ses batteries et repartir au front « pour qu'aboutisse enfin la révolution ! ».

Paraphrasant Paul Faure, elle n'avait de cesse de me répéter, grandiloquente, entre deux tartines de pâté :

— Le soleil qui s'est levé là-bas sur l'Orient illumine notre route. Je dirais même plus : il réchauffe nos ardeurs et nos cœurs !

Pour ma plus grande honte, je mis un certain temps à me représenter que l'Orient signifiait… la Russie. Russie où les Bolcheviks avaient pris le pouvoir en 1917 après avoir « zigouillé, sans faire de quartier, le tsar et toute sa descendance dégénérée ! ».

Pour que je meure « moins bête », Albertine m'initia aux arcanes du militantisme au moyen « d'actions coup de poing » et de petits schémas tracés à la craie sur la porte de sa chambre. Elle m'intronisa également auprès de ses camarades communistes, mâles pour la plupart. Eu égard à mon tout jeune âge, tous se montrèrent prévenants et respectueux de ma personne. En attendant de rencontrer l'homme qui me permettrait de m'extirper de mon quotidien monotone – les conquêtes répétées de ma copine m'ouvraient des contrées inexplorées –, je classais dans divers rayons de mon cerveau tout ce qu'Albertine déclarait et faisait pour l'accommoder plus tard à ma sauce.

Sur mon temps libre, je la suivais, qui enchaînait les tournées d'usines pour interpeller les ouvriers sur des sujets aussi divers que « la libération des soldats mutins de 1917 », « l'émancipation des travailleurs exploités par le grand patronat » et « l'abolition des monarchies de l'Europe danubienne ». Persuadées que la France produirait elle aussi bientôt « son Vladimir Ilitch Oulianov pour faire un grand ménage », nous passions pour deux passionarias... ou harpies, selon le camp dans lequel on se rangeait.

Je me demande encore comment Yvonne n'eut jamais vent de nos frasques comme celle qui nous valut une cocasse course-poursuite dans les ruelles de Chamalières pour avoir peint en lettres majuscules sur le mur d'enceinte de Torrilhon : « Prolétaires de tous les pays, unissez-vous ! » Cet aveuglement bienvenu me laissait tout le loisir de m'éterniser dans les estaminets de Clermont où Albertine et ses amis refaisaient le monde à grand renfort d'utopies. Utopies plus ou moins romantiques qui corroborèrent longtemps ma vision très idéaliste, voire poétique, du communisme.

Pour me permettre de prendre part à ces échanges épiques – ou du moins de les suivre –, Albertine mit à ma disposition sa bibliothèque. Paul Vaillant-Couturier, Charles Fourier, Pierre-Joseph Proudhon ou Karl Marx m'ouvrirent des perspectives inavouées. Notamment parce qu'ils me firent prendre conscience qu'il existait d'autres auteurs que ceux révérés par ma mère.

Dans son sillage, je commençais à mesurer l'injustice sociale du monde où nous évoluions. Je me prenais aussi de passion pour cette nouvelle société égalitaire en cours d'ébauche très loin à l'est, vers ce fameux Orient.

Albertine fut ma mère de substitution avant d'être mon âme sœur. À ses côtés, je renaissais.

C'est en l'accompagnant place de Jaude, au défilé ouvrier du 1er mai 1922, que je rencontrai pour la première fois Fernand. L'homme qui serait mon mari pendant plus de vingt ans.

Torse bombé, tel Vercingétorix au pied de la statue duquel il se tenait, il dirigeait le cortège et brandissait une pancarte : « On croit mourir pour son pays, on meurt pour son industrie » qui me tapa tout de suite dans l'œil – plus pour son lyrisme que pour son caractère politique. Grand par la taille pour les canons de l'époque – pas loin d'un mètre quatre-vingt-cinq –, il était mince et tout en muscles. Au milieu des siens, on ne voyait que lui.

Délégué CGT chez Michelin, son calme et son assurance lui permettaient d'être entendu et respecté aussi bien par ses camarades de section que par les grands patrons. Il avait à son actif la négociation de la journée de huit heures. Sans heurts, ni chantage, ni menace. Prompt à défendre « les conditions de travail des salariés de quelque catégorie qu'ils soient » ainsi que « toute victime d'iniquité », il dégageait une robustesse et une aura qui en imposaient à tous. Et qui m'en imposa.

Incorporé à dix-neuf ans, Fernand avait « fait Verdun ». Une campagne longue de dix mois, au cours de laquelle il n'avait pas hésité à se porter volontaire pour toutes sortes de missions dont il n'aurait jamais dû rentrer vivant au regard des statistiques : deux cent cinquante mille morts côté français. Son héroïsme et son abnégation hors normes lui valurent, en 1919, une Croix de guerre avec palmes de bronze. Il n'en fit pourtant jamais grand cas. À part auprès de moi, un soir, à demi-mot, alors que j'évoquais avec lui la disparition de Luigi.

Amène et prévenant aussi bien avec moi qu'avec ma mère puis nos petits, Fernand ne buvait pas et n'élevait jamais la voix. Il me respectait aussi pour ce que j'étais sans s'évertuer à me façonner. Outre son engagement syndical et son altruisme inhérent à son sacerdoce – vu le temps que ça lui prenait, c'en était un ! –, ce qui me plut en lui – ce n'est pas reluisant, je l'avoue – fut la possibilité de m'émanciper enfin d'Yvonne et de vivre sous un autre toit que le sien. En l'occurrence, une maison Michelin flambant neuve, dotée de tout le confort moderne – eau et gaz –, avec un bout de jardin dans lequel pourrait s'ébattre un gros chien. La vie ferait que nous n'en aurions jamais – Fernand en avait trop mangé dans les tranchées pour en supporter la vue sans avoir la nausée. En revanche, jusqu'à ce que le pacte germano-soviétique ne pulvérise nos certitudes et nos convictions, notre petit coin de verdure serait rempli de copains. De copains avec qui nous réenchantions le monde à la chaleur d'un brasero. La naissance de nos enfants n'aurait que peu d'incidence sur la cadence de ces meetings improvisés.

À force d'élucubrations finit par se concrétiser l'espoir de voir sourdre, un jour, en France, un gouvernement de gauche. Un gouvernement constitué d'hommes et de femmes qui remettraient l'humain au cœur de leur projet.

Je suivais néanmoins de loin les combats d'Albertine et Fernand. Depuis la crise de 1929 et la réduction drastique de personnel chez Torrilhon, nous avions toutes deux été contraintes de changer de crémerie pour rejoindre les bataillons d'ouvrières de chez Michelin – devenu, de fait, le plus solide patron de la région avec près de dix mille employés. Consciente depuis toujours des limites de mon boulot purement alimentaire, j'entrepris, en 1935, de devenir sage-femme. Encouragée par Fernand qui se désolait de me voir perdre mon temps – « Avec tes aptitudes hors normes, tu pourrais être docteur ou chirurgien ! » –, je m'inscrivis aux cours du soir, à trente ans. Un véritable pari.

Inquiet de me voir m'échiner, le jour à l'usine, le soir à l'école, la nuit sur mes livres et le week-end à la maternité, Fernand proposa à ma mère qui allait sur ses cinquante-huit ans de prendre sa retraite pour s'occuper à plein temps de Paul, Jeanne et Valentine qui avaient respectivement, douze, onze et cinq ans. Bien que sa présence me permît de me concentrer sur mes études, mes révisions étaient tout le temps parasitées par les éclats de voix d'Albertine qui voulait à tout prix convaincre Fernand – stoïque – que seule « une bonne grosse révolution de masse ferait bouger les lignes ! ».

Leurs disputes étaient sans fin. Le socialiste Léon Blum serait l'homme providentiel. Celui qui réconcilierait Albertine et Fernand. Ou du moins leur redonnerait espoir. En accédant à la présidence du Conseil en mai 1936, la gauche triomphait en France pour la première fois depuis l'abolition de la monarchie. Et ça, c'était une authentique prouesse ! Cette nouvelle fit jaillir dans nos cœurs une immense bouffée de fierté – sauf pour Yvonne, plus radicale de droite convaincue que jamais.

Dans les minutes qui suivirent l'annonce des résultats, la maison s'emplit de rires et de cris de joie. Déchaînés, Paul, Jeanne et Valentine se mirent à bondir sur les lits comme des cabris sans se préoccuper de leur grand-mère partie bouder dans son coin. Il fallait les voir – cornaqués par Albertine –, scandant le slogan qui avait fait gagner le Front populaire : « Pain, paix, liberté ! Pain, paix, liberté ! Pain, paix, liberté ! Pain, paix, liberté ! »

Les jours qui suivirent cette victoire, notre jardin – puis notre maison – redevint le QG de tous les communistes de la région. Ce vacarme quasi quotidien se prolongeait souvent tard dans la nuit. Un soir de fortes chaleurs où, éreintée, je leur demandai de « bien vouloir baisser le son de leurs altercations », Albertine – en état d'ébriété avancé – m'empoigna par les bretelles de ma robe et me traita de « trouble-fête ». Ce à quoi je lui rétorquai, furibarde, que j'en avais « plus que soupé de ne plus me sentir chez moi… chez moi ! ». Que bosser comme je bossais pour passer mon peu de temps libre à remplir de vin des gobelets et tartiner des sandwiches au pâté comme au temps du congrès de Tours commençait à grever ma santé et mon porte-monnaie ! Ce qui me valut un très méchant – et bien senti – « C'est fou c'que tu t'es embourgeoisée à fréquenter ces grands docteurs de la maternité ! ».

C'était fourbe de me traiter de la sorte. Même s'il était vrai que depuis que j'avais quitté Michelin, je militais moins. Voire plus. Cela n'avait cependant rien à voir avec ma reconversion. Ou une quelconque trahison. Mais avec l'envie de me donner les moyens de réussir et de m'épanouir dans un métier qui faisait sens pour moi. Du moins plus que de vérifier la conformité de pneumatiques d'autorails.

En homme habitué à gérer les crises, Fernand nous convoqua un soir chez Michelin pour nous obliger à vider nos sacs. Ce que nous fîmes sans nous faire prier tant nous étions au fond consternées de nous être fâchées.

Quelques jours plus tard, tout le monde migra pour investir la place de Jaude. Spontanément. Non pour protester mais… pour soutenir la victoire de l'alliance des gauches qui avait besoin de tous ses électeurs pour convaincre le grand capital de souscrire aux réformes nécessaires à l'amélioration de nos conditions de vie. Et puis, nous devions « rappeler à Léon » sa promesse de dissoudre les ligues fascistes dont les leaders, exaspérés d'avoir échoué aux élections, cherchaient plus que jamais la bagarre. Quand ils ne nous insultaient pas.

— Salopards en casquette ! Bolchevicks sanguinaires ! Boulets de la nation !

Chez Michelin, sous la houlette de Fernand, les usines furent occupées deux fois. Trois grèves d'envergure enrayèrent également la production. À l'issue de cette mobilisation sans précédent pour une entreprise aussi paternaliste et soucieuse du bien-être de ses employés, les Bibs obtinrent vingt-cinq pour cent d'augmentation de salaire et… non pas une… mais deux semaines de congés payés ! Le Pérou – ou presque – pour ces cohortes d'ouvriers du pneu qui avaient osé « tuer le père » en rejoignant les rangs des manifestants aux côtés des garçons de café et des coiffeurs, des boulangers et des mineurs, des égoutiers et des professeurs, des saltimbanques et des chauffeurs. Aux yeux de notre progéniture – mais surtout de Paul qui venait de fêter ses treize ans –, Fernand était un héros de la nation. Moins aux yeux de ma mère qui estimait que nous agissions « comme des insensés » et que bientôt viendrait le temps du « retour de bâton ».

— Ne mordez jamais la main de celui qui vous nourrit. Surtout quand grâce à lui vous mangez du poulet rôti…

Fort de ces fabuleux résultats, Fernand prit la tête de la cellule CGT du pneu. Et multiplia ses effectifs par soixante. Je nous revois, comme si c'était hier, tournoyer dans la cuisine au rythme d'une ritournelle composée pour l'occasion :

— On a franchi la barre des six mille ! Pourtant ce n'était pas si facile ! On a franchi la barre des six mille ! Pourtant ce n'était pas si facile ! On a franchi la barre…

Puis, reprenant son sérieux :

— Non, mais, six mille… Six-mil-le. Tu te rends compte de ce que ça représente, Prudence ? Et encore, on n'a pas fait le plein ! Imagine… Imagine, ce que ça sera quand nous serons soixante mille !

Éblouie par ses prédictions, je tentais de me représenter des colonnes d'ouvriers faisant la queue devant le bureau de Fernand pour s'encarter au son de *L'Internationale*. En totale empathie avec mon mari, j'en frémissais d'allégresse.

Fin mai, alors que la paralysie continuait à assujettir le pays, j'aperçus, en quittant la maternité, un groupe de femmes en marche. D'un pas décidé. En allant à leur rencontre, je reconnus certaines de mes anciennes camarades de galère qui m'accueillirent comme si nous ne nous étions jamais quittées. Toutes convergeaient vers un nouveau rassemblement supposé bloquer le centre de Clermont. Pour faciliter leur avancée, elles avaient entrepris de retrousser leur longue jupe bleue dont elles serraient l'ourlet dans leurs poings. C'est alors que j'aperçus leurs mollets gonflés, parcourus d'un tracé veineux rouge et bleu, aussi tortueux qu'une carte topographique. Leurs mains aussi avaient pris cher. Cartonnées, brûlées, elles n'étaient que cals et coupures mal cicatrisées. Le cœur en déroute, je dus me rendre à la raison et admettre qu'aucune ne paraissait son âge. Mais bien dix ou quinze ans de plus. Ce qui ne m'avait jamais frappée lorsque nous partagions les mêmes vestiaires. Avec égoïsme, je me félicitai d'être partie à temps. Avant que l'usine ne me délabre irréversiblement. Sur leurs visages émaciés se lisaient des années de privations et de fatigue. Quant au rouge à lèvres carmin qu'arboraient les plus jeunes, il ne faisait que souligner leur teint crayeux et leurs profonds cernes. Et pourtant. L'énergie qu'elles déployaient en entonnant, tête haute, *La Marseillaise* me prit aux tripes. Comme un invisible crochet de boucher. L'espace d'un instant, je me surpris à regretter de les avoir abandonnées. Ce jour-là, je les suivis comme si j'étais toujours leur sœur. Et me laissai aller à scander avec elles en chœur : « Les banques on les ferme ! Les banquiers on les enferme ! »

Cette marche bras dessus bras dessous me fit l'effet d'un bain de jouvence. Jamais je n'oublierai la liesse qui s'empara de la France ce printemps-là. L'atmosphère de fête populaire qui régnait dans nos usines occupées. L'ivresse qui se dégageait de ces grèves organisées sur le tas. Et nos premiers congés payés au cours desquels nous avons conçu – comme par magie – Mathilde, au sommet du puy.

Les parenthèses enchantées étant rarement destinées à durer, la France sombra en quelques mois dans un climat délétère. En refusant que le pays intervienne aux côtés des républicains espagnols opposés depuis juillet 1936 au général Franco, le PC reprit sa liberté à l'assemblée, ce qui sonna le glas du Front populaire, en juin 1937. Nous venions à peine de gagner que déjà nous battions en retraite.

Je n'avais jamais vu Albertine et Fernand aussi navrés. Le ralliement de l'URSS à l'Allemagne en août

1939 et l'entrée en guerre de la France et de l'Angleterre un mois plus tard finirent de les… de nous déboussoler. Un grand voile de crêpe noir plongea nos vies dans l'obscurité. Notre jardin tomba à l'abandon. Au propre comme au figuré. Jusqu'à ce que les légumes viennent à manquer et qu'Yvonne prenne l'initiative de semer un potager pour remplir nos assiettes vides.

Comme je l'ai déjà écrit, Fernand fut exempté à cause de – ou grâce à – son asthme. Quant à Paul, trop jeune pour être appelé, il dut poursuivre son lycée. Autour de nous, dans une France occupée qui nous interdisait de militer, les camarades ne savaient quelle attitude adopter : le rouleau compresseur allemand imposait ses lois fascistes et Moscou ne bronchait pas. Mais qu'attendait donc Staline pour envoyer Hitler au diable et venir à notre rescousse ?

À la maison, bien que désemparé, Fernand se refusait à le désavouer. Gaulliste de la première heure, ma mère tenait sa revanche.

Tout aussi torturée qu'eux – mais pas loin de penser que le Général, lui au moins, ne restait pas les bras croisés à attendre que les ordres lui tombent du ciel –, je me demandais comment venir en aide à mon pays sans trahir le parti.

Enlisée dans mes réflexions, je quadrillais sans répit le bassin de Clermont à bicyclette pour prodiguer mes soins à domicile. Portée par la ferveur des événements de 1936, j'avais quitté le confort de la maternité Michelin début 1939 pour travailler en indépendante. Tant de femmes renâclaient encore à

« accoucher en ville, loin des leurs » qu'il fallait bien que quelqu'un s'y colle pour réduire le taux de mortalité maternelle.

Un jour de décembre 1941 où je rendais visite à une femme dont le terme était dépassé depuis deux jours, je me vis suggérer par son mari – un riche industriel de Chamalières – de « diffuser des informations » appelées à grossir les rangs d'une organisation clandestine appelée Combat. Ébranlée, je m'engageai à y réfléchir à tête reposée. Et à garder pour moi cette proposition, même, et surtout, auprès de Fernand.

— Notre force réside en notre capacité à tenir notre langue. Dans ce type de mouvement, quand un domino tombe, il entraîne tous les autres dans sa chute. Sans exception aucune.

Cueillie à froid, je ne sus d'abord que répliquer à cet homme. Et dus lui paraître bien sotte.

— Vous… vous voyez ce que j'entends par là, jeune fille ?

Oui, « la jeune fille » de… trente-six ans (!) assimilait ce qu'il insinuait malgré son ton un poil condescendant. En lissant nonchalamment sa moustache entre le pouce et l'index, il enchaîna :

— Je me suis laissé dire par ma petite belle-sœur, Berthe de Cadolle née… de Roquemaurel que vous étiez une femme intègre, brillante, et que vous aviez du… tempérament. Je sais aussi, par des amis qui siègent au conseil de direction de Michelin, que votre époux est syndicaliste et communiste notoire. Mais, bon, personne n'est parfait, n'est-ce pas ?

Bien que sidérée que mon ennemie de toujours – ou plutôt de Sainte-Thècle, mais quand même, ça commençait à remonter – ait pu, un jour, m'évoquer en des termes élogieux, j'acceptai. Sans me soucier de savoir si c'était un piège. Si c'était risqué. Ou si Combat était de droite ou de gauche – en l'occurrence, Combat était plutôt démocrate-chrétien mais qu'importe puisque seul l'effort commun pour déloger les Allemands l'emportait. Et puis, faire la misère aux Boches était une façon comme une autre de venger Luigi. Et de contrebalancer mon manque de combativité en 1936.

En plus de transporter des tracts, de livrer des faux papiers et de distribuer des courriers, il me fut bientôt demandé de réceptionner des Juifs et des Anglais – comme Scott, Bill, Joe, Charles, Philip, John, Matthew et consorts – obligés de traverser la ligne de démarcation du côté de Moulins. À charge pour moi de les accompagner, à la nuit tombée, chez des « fermiers amis » responsables de les planquer dans une bergerie ou un grenier, le temps qu'ils se requinquent et rejoignent un point de chute plus au sud. Voire à l'étranger – Espagne, Suisse, Portugal, Algérie. C'est stupéfiant, le nombre de bébés qui naquirent, pendant la guerre, aux alentours de minuit. Comme le petit Jésus ! Et qui, bien sûr, me contraignirent à rester dormir sur les lieux de l'accouchement : pédaler dans le noir, par ces temps de guerre, pour retrouver mon lit étant, comme de bien entendu, par trop risqué…

Je remplissais mes missions sans crânerie ni forfanterie. Parce qu'il n'y avait pas d'autre option que d'agir, chacun avec ses moyens, même tout petits, si on voulait que nos fils et nos filles grandissent dans un pays où les droits de l'homme seraient respectés. À la maison, personne ne soupçonna que je résistais de mon côté. Je semblais bien trop absorbée par mon métier. Et surtout, je me gardais bien d'en parler. Même avec Albertine pour qui je n'avais jamais eu de secrets. En revanche, Fernand, lui, se coupa. Plusieurs fois. Mais je fis celle qui ne remarquait rien. Par chance, les enfants ne surent jamais ce qu'il trafiquait – c'est-à-dire dynamiter des rails, des panneaux, des autos, des motos, des pylônes, des gares, etc. Et Paul encore moins. Avec son tempérament, il se serait enrôlé dans la première organisation venue – comme la direction des opérations spéciales britanniques qui l'obsédaient. Pour le coup, j'en serais morte de trouille.

Paradoxalement, je n'eus, à aucun moment, peur pour moi. D'ailleurs, je ne fus jamais inquiétée. Même lorsque la zone libre fut envahie par les nazis, en novembre 1942. En fait, je crois que je me sentais si utile à mon pays que rien ne pouvait m'arrêter lorsque, juchée sur mon cycle Peugeot, je filais de village en village, avec, dans le double fond de mes sacoches, des piles de documents compromettants. Tombés dans des mains ennemies, ils m'auraient à coup sûr condamnée à être fusillée.

Convaincue du bien-fondé de mes missions, j'étais rassurée pour les miens : Paul était à l'abri de la tentation en Cochinchine. Et Fernand demeurait invincible.

Galvanisée par l'action, je me sentais plus flexible, endurante et insoumise que le « coquelicot » que j'étais devenue en adoptant ce surnom de résistante. Et que dire de mon prénom, Prudence ? Il me portait dans les opérations les plus exigeantes. Et les plus périlleuses. Il faisait de moi un renard rusé, un aigle aux yeux perçants, un écureuil alerte et rapide ! Après toutes les railleries qu'il avait suscitées à l'école et ailleurs, voilà qu'il faisait enfin sens.

L'une de mes rencontres les plus exaltantes fut celle avec Emmanuel d'Astier de La Vigerie. L'homme qui avait créé, un soir, dans un café de Clermont, Libération-Sud, l'organisation à laquelle Fernand avait adhéré et qui recrutait ses membres dans les milieux syndicaux. Malin. Comme j'étais supposée n'être au courant de rien, je n'en pipai mot à l'intéressé lorsqu'on me le présenta à la fin du mois de juillet 1943, à Figue, sur un terrain d'atterrissage clandestin situé du côté d'Ambérieu-en-Bugey, dans l'Ain. Je devais cette nuit-là faire partir vers la Grande-Bretagne un colis dont le contenu m'était comme toujours inconnu. Parce que je parlais couramment l'anglais – vieux restes de mon enfance au Grand Hôtel de la Californie –, c'est à moi qu'avait été confiée cette mission qui me conduisait à près d'une journée de vélo de la maison.

À mon plus grand étonnement, de l'avion de la Royal Air Force qui devait rembarquer mon paquet descendirent huit personnes. Dont le fameux Emmanuel d'Astier de La Vigerie. Parce qu'il se faisait tard – ou tôt : presque une heure du matin – et que tout le monde était exténué – il y avait eu de l'orage tout au long du trajet –, il fut décrété que nous dormirions dans une bergerie abandonnée non loin de la piste d'atterrissage.

Je n'avais jamais vu cet homme avant. Jamais entendu parler de lui non plus d'ailleurs – ou plutôt si, une fois dans une bribe de conversation attrapée au vol entre Fernand et trois de ses camarades de section qui se félicitaient qu'il soit « fils de baron et communiste ».

Grand, mince et raffiné, « Manny » – comme tout le monde l'appelait – transportait dans une pochette en cuir le texte original des paroles du *Chant des partisans.* Il avait pour projet de le publier dans le cahier n° 1 des *Cahiers de la Libération*, une revue clandestine qu'il s'apprêtait à lancer sur le territoire français.

Aux aurores, tout le monde fut réveillé par la rosée – la bâtisse était un peu déglinguée et sa toiture manquait d'étanchéité. Alors que nous partagions un ersatz de café, préparé sur un réchaud par un certain « Marquis » – pseudonyme de Paul Rivière, chef de cette opération baptisée « Le jour se lève » –, Emmanuel d'Astier de La Vigerie me demanda, entre deux considérations météorologiques, si je savais… interpréter une partition. Je lui bafouillai, déconcertée, que je devais encore posséder quelques notions, acquises enfant.

Dans un sourire solennel et facétieux – les deux adjectifs peuvent paraître antinomiques mais c'est ainsi que son sourire s'est gravé dans ma mémoire –, il me tendit un document manuscrit à l'encre violette.

— Auriez-vous, chère… Coquelicot… l'extrême amabilité de bien vouloir nous fredonner ces quelques vers ? J'ose croire que, d'ici peu, ils deviendront célèbres et donneront à ceux qui ont pris les armes l'énergie nécessaire au combat pour la libération de notre patrie.

Piégée par ma forfanterie, je pris une grande inspiration et, les yeux rivés aux notes et aux mots alignés sur cette feuille de papier qui venait de traverser la Manche, je déchiffrai d'une voix étranglée :

— *Ami, entends-tu le vol noir des corbeaux sur nos plaines ? Ami, entends-tu ces cris sourds du pays qu'on enchaîne ? Ohé, partisans, ouvriers et paysans, c'est l'alarme ! Ce soir, l'ennemi connaîtra le prix du sang et des larmes…*

Un long frisson pourfendit mon être. Tel un éclair filmé au ralenti, je le vis se propager dans le corps de tous ceux qui constituaient cette hétéroclite assemblée – des militaires, des civils, un fermier, moi.

Derrière les champs, le soleil naissant augurait du meilleur pour la journée. Et pour le pays.

Portée par mon auditoire, je gagnai petit à petit en assurance.

— *Montez de la mine, descendez des collines, camarades. Sortez de la paille les fusils, la mitraille, les grenades ! Ohé, les tueurs, à vos armes et vos couteaux, tirez vite ! Ohé, saboteur, attention à ton fardeau, dynamite…*

Sans oser nous le dire – probablement de peur de défier le destin –, nous étions tous certains, en cet instant précis, que la Résistance l'emporterait et bouterait « les frisés » hors de France.

— *C'est nous qui brisons les barreaux des prisons pour nos frères. La haine à nos trousses et la faim qui nous pousse, la misère. Il y a des pays où les gens au creux des lits font des rêves. Ici, nous, vois-tu, nous on marche, nous on tue ou on crève…*

En URSS, les Soviétiques qui s'étaient – enfin – résolus à lâcher Hitler, avaient infligé leur premier grand revers aux Allemands à Stalingrad. À Koursk, depuis le début de l'été, la Wehrmacht en bavait des ronds de chapeaux face au rouleau compresseur soviétique. Les blessés et les morts se comptaient par milliers des deux côtés mais les communistes menaient la danse. Et allaient finir par l'emporter.

— *Ici, chacun sait ce qu'il veut, ce qu'il fait quand il passe. Ami, si tu tombes, un ami sort de l'ombre à ta place. Demain du sang noir séchera au grand soleil sur nos routes. Chantez, compagnons, dans la nuit la liberté nous écoute…*

À Casablanca, Oran et Alger, les Alliés assistés par la Résistance française limogeaient un à un les hommes de Vichy. En Italie, les Anglo-Américains grignotaient la Sicile et causaient bien du tracas à Mussolini.

— *Ami, entends-tu les cris sourds du pays qu'on enchaîne ? Ami, entends-tu le vol noir du corbeau sur la plaine ?*

Comme un seul homme, tout le monde reprit l'air de cet hymne, sans prononcer une seule parole :

— *Oh oh oh oh oh oh oh oh oh oh oh oh oh oh oh oh…*

Satisfait de l'effet produit par « sa » chanson, Emmanuel d'Astier de La Vigerie, se proposa de nous conter la genèse de son histoire.

— Pour que vous la transmettiez aux vôtres à travers les âges, suggéra-t-il avec gourmandise.

Dont acte.

La musique du *Chant des partisans* était née en Angleterre au printemps. En mai très exactement. Elle avait été composée par Anna Marly, une guitariste issue d'une grande famille de Petrograd, engagée comme cantinière au sein du quartier général des Forces françaises libres. Parce qu'elle fréquentait la communauté russe de Londres, Anna était proche de Louba Krassine – maîtresse d'Emmanuel d'Astier de La Vigerie et fille de l'ambassadeur d'URSS en Grande-Bretagne – qui la mit en relation avec un certain André Gillois. Cet homme, qui cherchait un thème musical original pour une émission de radio programmée deux fois par jour par la BBC – *Honneur et patrie* –, eut un véritable coup de cœur pour cette mélodie et l'adopta. Coup de cœur d'autant mieux venu que, sifflée, elle offrait l'avantage de rester perceptible au-delà des perpétuels brouillages allemands.

— Parce que j'ai la certitude chevillée au corps qu'on ne remportera la guerre qu'avec des chansons, j'ai eu la révélation que cet air, qui me fiche chaque fois la chair de poule, devait être porté par un texte.

Pour composer des paroles dignes de ses ambitions, Emmanuel d'Astier de La Vigerie fit appel au grand écrivain, d'origine russe, Joseph Kessel, qui mit dans la boucle son neveu, Maurice Druon, futur auteur des *Rois maudits*.

— Mon unique mot d'ordre ? Donner le sentiment que cet hymne sort du maquis. Qu'il fasse corps avec nos valeureux résistants pour qu'il devienne leur chant.

Suspendus aux lèvres du « baron rouge », nous ne pipions mot et buvions ses paroles qui cimentaient nos valeurs.

Le résultat fut au-delà de toutes ses espérances. En quelques mois, *Le Chant des partisans* – surnommé à la Libération « La Marseillaise de la Résistance » – se propagea dans toute la France. Et rassembla sous sa bannière des centaines de soldats de l'ombre, quel que fût leur courant politique. Les yeux de merlan frit que je fis, lorsqu'un matin je surpris Fernand le fredonner en se rasant…

Aujourd'hui encore, *Le Chant des partisans* reste l'une de mes chansons favorites. J'en possède plusieurs versions en 45 tours. Je les écoute souvent sur ma vieille platine. Mon interprétation préférée reste celle créée au printemps 1943 par Germaine Sablon – la grande passion de Kessel à l'époque.

J'ai tout lu sur cette chanson devenue mythique. J'apprécie aussi celles d'Yves Montand, de Léonard Cohen et de Jean Ferrat. Et évidemment celle des chœurs de l'Armée rouge.

Cet hymne, fruit du génie des Russes rouges ET blancs, n'a jamais remis en cause mon inclination pour le communisme. Il m'a au contraire confortée dans mon souci d'abolir les classes et les camps, de fournir à chacun ce dont il a besoin pour vivre dans la dignité et renforcer ses capacités. En évitant, tant que faire se peut, de gaspiller le travail des hommes. On est encore loin du résultat, mais l'espoir aide à supporter ses peines. Et les mauvais traitements.

En hommage au journal d'Emmanuel d'Astier de La Vigerie qui le premier publia le texte du *Chant des partisans* – sous le titre *Les Partisans* –, je me suis abonnée en 1973 au quotidien *Libération* dont la doctrine, « Peuple prends la parole et garde-la », m'inspirait la plus grande confiance. C'est dans ce même journal que je tombai un matin sur un long reportage consacré à l'histoire de la Nationale 7. Une voie tracée par les Romains avant même la naissance de Jésus-Christ. Synonyme de ciels d'été. De 4CV bourrées à craquer. Et, pour ma part, de tourments et de flammes éclairées de sombres lueurs.

La N7

Autrefois surnommée « Route bleue » ou « Route des vacances », la Nationale 7 a longtemps été la plus longue route de France avec ses 1 004 kilomètres. Avant son déclassement partiel, elle reliait Paris à Menton via *la Bourgogne, l'Auvergne, la vallée du Rhône, le massif de l'Estérel et la Côte d'Azur. À son apogée, elle traversait cent vingt communes et quinze départements. L'emprunter, c'était l'assurance d'admirer les plus beaux paysages et d'affronter les pires embouteillages.*

Cinquième petit-enfant – en l'occurrence, petite-fille. Cinquième cadeau immatériel.

Parce qu'Alice était née un jour de grande transhumance estivale – le 5 août 1960 –, je n'eus pas beaucoup à me triturer les méninges pour marquer d'une pierre blanche ses sept ans ! Elle était romantique à l'extrême – au grand dam de sa mère qui s'agaçait qu'elle s'amourache chaque semaine d'un nouveau « petit camarade de classe aux cheveux gominés et aux ongles coupés carré » –, et j'étais quasi certaine qu'Alice saurait apprécier ce présent à sa juste valeur. Même si, de prime abord, stations-service et huile de moteur s'accordent mal avec affolements et élans du cœur.

La Nationale 7 m'était indifférente jusqu'à ce que je la descende pour bonne partie, en août 1942, sous un soleil de plomb. J'avais eu vent de son existence quand furent instaurés les premiers congés payés qui avaient généré une pagaille monstre à la sortie des grandes villes. Mais, comme avec Fernand nous nous aventurions rarement au-delà des frontières de l'Auvergne, cette route ne m'inspirait rien qui vaille la peine de s'exciter.

Jusqu'au jour où j'entrepris de l'emprunter à vélo avec… Adrian Friedman.

Une semaine, à raison de cinq heures en selle par jour : c'est le temps qu'il nous fallut pour rallier Nice depuis Moulins, *via* la N7, en pleine Seconde Guerre mondiale. Cette folle escapade fut la plus grande embardée de ma vie. La plus magique aussi. Et comme chaque médaille a son revers, la plus inavouable. Et la plus difficile à digérer.

Entre Adrian et moi, le coup de foudre fut immédiat. Au premier effleurement, nous comprîmes, l'un comme l'autre, que nous n'en resterions pas là. Que nos cœurs et nos corps avaient été sculptés pour se compléter. Et s'imbriquer dans leur plus grande intimité.

Pourtant sur le papier, rien ne nous prédestinait à partager ce que nous avons partagé. Il avait vingt-cinq ans. J'en avais trente-sept. Il était célibataire. J'étais mariée depuis près de vingt ans – mon Dieu ! Il était Parisien. Je n'avais jamais dépassé la Loire. Il était juif. J'étais athée. Il était premier prix du conservatoire de Paris – catégorie piano. J'étais diplômée sage-femme – catégorie néant.

Jusqu'à la Libération, Combat me demanda de faire passer en zone libre des hommes et des femmes de toutes origines. C'est ainsi que je rencontrai Adrian. Le 27 juillet 1942, du côté de Chassenard, un petit village édifié sur les rives de l'Allier. Il n'était pas loin d'une heure du matin. Je venais tout juste de mettre en sécurité dans les caves de la commanderie de Beugnet une maman et son bébé lorsque je l'entrevis en amont de l'écluse des Brosses, tentant de s'agripper aux mauvaises herbes pour s'extraire de la rivière. Plus mort que vif, il paraissait à bout de souffle et frigorifié. Je me souviens de m'être dit que s'il persistait à faire tout ce boucan, les Allemands ne manqueraient pas de le remarquer. Et comme ils ne faisaient plus de quartier depuis longtemps, ils le tireraient comme un lapin.

Ma première réaction fut, néanmoins, de décaniller. Non seulement je ne voulais pas m'attirer d'ennuis – le règlement était clair : on remplit sa mission et juste sa mission. Point barre. Mais surtout, il fallait que j'aille m'étendre. Une centaine de kilomètres séparait Clermont de Chassenard et les couvrir à vélo dans la journée m'avait achevée.

Comme Milou dans *Tintin au Tibet*, deux petites voix intérieures – ange et démon – entrèrent en conflit dans ma tête. Cruauté du sort, la voix la plus humaine l'emporta. Arguant que ce garçon aurait pu être mon fils et que j'aurais apprécié que quelqu'un le secoure en pareil cas, elle me persuada de rebrousser chemin. Le tirer de ce bourbier ne fut pas une mince affaire. Ce qui nous sauva ? Deux ambulances de la Croix-Rouge arrêtées sur le bas-côté qui captèrent l'attention des soldats en faction.

Lorsqu'ils me virent débarquer accompagnée, j'entrevis avec netteté le moment où les C. me claqueraient la porte au nez.

— Coquelicot, vous abuseriez pas un peu de not'e hospitalité ?! Vous, on vous connaît par l'réseau. Mais, lui, d'où c'est qu'il sort à part de l'eau ?

Mû par je ne sais quel instinct de survie, Adrian me désigna d'un discret coup de menton la doublure intérieure de son veston et m'invita à la découdre au niveau de son ourlet inférieur. Ce que je fis, faute de ciseaux, avec mon canif. Bien qu'en sale état, les billets de vingt francs que j'en tirai permirent aux C. de s'ouvrir à de meilleures intentions.

— D'accord pour qu'il dorme dans la grange mais sous vot'e responsabilité. Et, dès qu'il s'remet en position verticale, ouste du balai !

Constatant qu'il claquait des dents, je l'incitai à enfiler au plus vite le pyjama que les C. avaient déposé sur son lit de camp – avec une couverture et un oreiller.

Je m'apprêtais à l'aider à déboutonner sa chemise trempée lorsqu'il me saisit le poignet avec fermeté pour me stopper dans mon élan. Une décharge me traversa le bras. Et mourut dans ma poitrine. Je lus dans ses yeux qu'elle était partagée. Ce qui ne l'empêcha pas de joindre la parole au geste. Fort poliment.

— Madame, bien que cette petite traversée m'ait fort diminué, je pense pouvoir arriver à me déshabiller seul. Mais merci. Oui, merci beaucoup pour votre sollicitude.

Plus rouge que le coquelicot que j'étais supposée incarner, je reculai de trois pas, manquant dans ma précipitation de me prendre les pieds dans l'anse d'un seau abandonné. Jamais je ne m'étais sentie aussi stupide et chamboulée.

Je le laissai se coucher sans chercher à le border. Même s'il s'y prenait comme un manche avec sa couverture qui traînait par terre pour moitié.

Il s'endormit sans que j'aie le temps de lui souhaiter bonne nuit. Ni de lui demander son nom. Ou ce qu'il fuyait.

J'aurais aimé faire de même mais bien que la température avoisinât encore les vingt degrés à cette heure avancée, je me surpris à grelotter. Comme si mon corps se mettait au diapason du sien.

Heureusement que Fernand ne s'inquiétait plus que mes tournées me tiennent loin de Clermont plusieurs jours durant. Et que je pouvais compter sur Yvonne pour gérer les enfants, parce qu'Adrian dormit près de quarante-huit heures. Quarante-huit heures au cours desquelles sa fièvre fit le yoyo entre 40 et 38 degrés pour finir par se caler à 37,5. Son sommeil demeura toutefois très troublé. Il marmonna des phrases en plusieurs langues. Appela à moult reprises ses parents. Et multiplia les soupirs déchirants. Le plus effrayant était ses mains qui s'affairaient dans les airs. Souvent. Comme si elles cavalaient sur un clavier imaginaire – ignorant alors qu'il était pianiste, je ne pouvais m'empêcher de m'inquiéter pour sa santé mentale. D'autant qu'il fredonnait la bouche entrouverte en s'exécutant.

Sinon, entre deux crises, Adrian dormait à poings fermés. L'air innocent, les cheveux plaqués sur le front par la sueur. Réfugiée dans un fauteuil crapaud dont les ressorts me cisaillaient le dos, je m'égarais dans l'observation de son visage. Ses traits étaient d'une symétrie peu commune : une fossette sur chaque pommette, des sourcils réguliers, des lèvres arquées pour le rire et la facétie. Rompant la perfection de l'ensemble, une cicatrice en forme de virgule à la lisière de son oreille gauche le rendait plus beau encore.

Je me retins de le toucher. J'aurais pourtant donné n'importe quoi pour peigner sa tignasse blonde, dessiner l'ovale de son menton, respirer le parfum de son cou. Mais c'était tellement interdit. Tellement tabou. Ce garçon avait l'âge de Paul. Et j'étais la femme d'un seul homme : Fernand.

En milieu de matinée, les C. me rapportèrent les affaires d'Adrian lavées et pliées. Collés serrés comme deux écoliers empotés, leurs regards disaient l'embarras. Intriguée – et surtout soulagée que s'offre l'occasion de détacher mon attention de ce « délicieux poison », je les invitai à nous rejoindre. Et à s'exprimer en toute confiance.

— On a trouvé tout ça, m'indiquèrent-ils en me tendant une panière en osier remplie de papiers et de menus objets dont des clefs. C'était dans ses poches et on a tout séché d'vant la cheminée. Y a des lettres, c'te photo, sa carte d'identité ce qu'il y a de plus français et... près de... de cent mille francs.

Cette somme – faramineuse – engendra chez M. C. un sifflement d'admiration qui me fit craindre qu'il ne réveille Adrian. Mais rien ne semblait en mesure de l'arracher à cet état de coma dans lequel il s'était enlisé.

Enhardis, les C. précisèrent, avec une pointe de fierté :

— On a mis tout ça à plat c'te nuit sous des briques pour qu'ce soit de nouveau présentable. On n'a rien pris. Vérifiez avec lui quand i'sera rétabli si jamais vous redoutez qu'on ment !

Balayant leurs doutes d'un revers de la main, je m'empressai – non sans les avoir au préalable félicités pour leur initiative – de tout récupérer.

À peine avaient-ils tourné les talons que je me jetai sur ses papiers, telle une assoiffée. Au moment d'ôter la lettre de son enveloppe gondolée, un nouveau cas de conscience m'assaillit. Avais-je le droit de violer son intimité ? Certainement pas.

C'est pourtant ce que je fis sans barguigner après avoir pris soin d'éloigner mon fauteuil de son lit.

Je ne me reconnaissais plus. Et commençais à me faire peur.

« Paris le 24 juillet 1942,

Ma petite Nadine,

Je ne sais pas quand et d'où partira un jour cette lettre. Ni si, quand elle te parviendra, je ferai toujours partie du monde des vivants.

Comme vous avez bien fait de déménager à Philadelphie. Et quel échec que nous ne vous ayons pas suivis. En faire reproche aux parents maintenant n'a plus de sens. Mais tout de même, quelle naïveté. Quel affreux gâchis ! Depuis que la police française les a embarqués le 16 juillet avec Hanna et Nina, je suis sans nouvelles d'eux. J'anticipe malgré moi le pire pour leur vie. L'ami policier qui m'avait, dès le 13 juillet, averti de l'imminence de la rafle a retourné ciel et terre pour les retrouver. Mais rien n'y a fait. Ils sont probablement déjà broyés par l'enfer de Drancy ou de Beaune-la-Rolande et rien ni personne ne pourra les en faire sortir. Si seulement ils m'avaient écouté et avaient accepté de se cacher avec moi chez les Cheylard d'où je t'écris. Ces gens qui m'hébergent à leurs risques et périls dans l'une de leurs chambres de bonne depuis le 16 auront été ma bonne étoile. Mais pas la jaune que je refuse de porter depuis qu'elle a été rendue obligatoire le 7 juin dernier pour mieux nous identifier, nous traquer et nous priver, insidieusement, de toutes nos libertés les plus élémentaires. Inutile de te dire qu'à la maison papa n'a pas manqué de me faire la morale, alléguant qu'en refusant de la coudre sur mes vêtements, je mettais toute notre famille en danger. Français avant d'être juif ou roumain, il ne veut et ne peut croire en une possible trahison de son pays d'élection et d'adoption.

Pardonne-moi, Nadine, si je recours au présent mais écrire au passé les condamnerait définitivement, ce que je ne pourrais me pardonner. Je m'en veux déjà tant de n'avoir pas su trouver les arguments pour les obliger à me suivre chez les Cheylard. Au prétexte que je suis le cadet, ils me prennent pour un chien fou sans cervelle.

Comme j'aurais préféré qu'ils aient été dans le vrai…

Depuis la lettre que notre cousin Joseph t'a portée en décembre dernier, notre situation n'a cessé d'empirer. Papa a été contraint de fermer ses deux librairies. Maman a été évincée des productions de l'Opéra-Comique (et remplacée par une mezzo-soprano qui couche avec un ponte de la Wehrmacht…). Notre trio, avec Hanna et Nina, n'a plus le droit de se produire nulle part, ni en public ni en privé. Qu'il est loin, le temps où l'on nous applaudissait sur les plus belles scènes d'Europe, dans les salons parisiens les plus prisés. Nous sommes enfermés depuis des mois rue du

Château-d'Eau et la tension est chaque jour un peu plus palpable.

Pourtant, Dieu m'est témoin que nous nous aimons tous les cinq bien fort…

Papa ne sort plus qu'une fois par semaine pour vérifier que les librairies n'ont pas (encore) été pillées (il se refuse toujours à mettre à l'abri ses plus belles éditions de partitions anciennes, persuadé que les Allemands, parents de Bach et de Mendelssohn, prisent trop la musique pour s'y attaquer !). Le reste de ses journées, il les passe à annoter et biffer Carmen *qu'il entend traduire en roumain.*

Maman, qui n'est plus autorisée à donner de cours particuliers, tourne en rond dans la cuisine, une cuillère en bois à la main (ayant de plus en plus de mal à sortir de quoi réjouir nos papilles, elle est chaque matin plus irascible que la veille).

Quant aux filles, elles déchiffrent chacune dans leur chambre de nouvelles partitions dans l'espoir que reviendront bientôt les beaux jours et avec eux les concerts. Cela donne un sacré raffut de crincrin et je m'étonne que les voisins ne se soient pas encore plaints. Serait-ce que la musique (même martyrisée !) adoucirait vraiment les mœurs ?

Pour ce qui me concerne, tant qu'ils n'auront pas admis que nous sommes pris dans une véritable souricière et que la seule chance de sortir vivants de cette guerre est la fuite à l'étranger, je refuse de faire sonner mon piano. Mais aussi… de les abandonner. Ce que j'ai pourtant fait en allant me terrer avenue Foch chez nos mécènes.

Que vont-ils devenir ? J'ai entendu dire par un copain dont le père est journaliste que les artistes avaient plus de chance de s'en sortir dans les camps que les autres prisonniers car les Allemands affectionnent la musique et ont besoin d'en écouter pour assumer (ou supporter ?) les horreurs qu'ils perpètrent. Papa… rêveur et malhabile comme il est, qu'est-ce qui va bien pouvoir le sauver ? Il est trop tendre, trop cultivé pour ces brutes qui ne manqueront pas de l'écraser comme on écrase un cancrelat du bout du pied.

Alexandre, le cadet des Cheylard, a eu la bravoure de passer à la maison l'autre nuit pour récupérer quelques-uns de mes effets ainsi que les économies de nos parents. J'avais convaincu papa de les dissimuler dans le réservoir d'eau des toilettes du palier que personne n'utilise plus depuis belle lurette. Les policiers ne les ont pas trouvées. Ils devaient avoir trop à faire pour remplir dans le temps qui leur était imparti leurs autobus de malheur. Aux dires de mon ami policier, ils avaient des quotas à respecter et leur langue à tenir. Il paraît que cela fait des semaines qu'ils nous répertorient avec minutie. Rien que pour Paris, plus de 25 000 noms et adresses ont été inventoriés par la préfecture. Nous serions tous affublés d'un numéro commençant par 1 ou 2 selon que nous sommes un homme ou une femme. Le premier qui ose me dire que le maréchal pétoche n'a pas la volonté de nous éradiquer, je lui balance mon poing dans la gueule.

Par le père d'un copain de lycée reconverti dans l'imprimerie clandestine, je me suis procuré (à prix d'or) une fausse carte d'identité. Je m'appelle désormais Didier. Didier Roger Richard Lesage pour être précis. Seul mon âge a résisté à la falsification : je suis toujours né le 16 mars 1917 mais à Versailles. C'est d'un chic. En d'autres temps, nous en aurions tous les deux souri. Aujourd'hui, cela me donne juste envie de chialer... Ainsi renommé, je vais essayer de rejoindre la zone nono pour m'enrôler dans l'armée de la France libre. Qu'au moins le guêpier dans lequel les Cheylard se sont fourrés pour me mettre en sûreté serve à quelque chose. Que ma vie sauve prenne sens au regard de ce que doivent endurer papa, maman, Hanna et Nina.

Mon ami policier m'a donné des contacts pour arriver à bon port et franchir l'Allier du côté de Moulin. Il faudra ensuite que je trouve à embarquer pour l'Afrique du Nord à Marseille, Nice ou Gênes. Je dois explorer toutes les pistes et me faire conseiller.

J'ai un peu peur. Mais pas d'autres choix que de quitter Paris dans les plus brefs délais. Les contrôles aux barrages sont renforcés et multipliés, ça ne rigole plus.

Je posterai cette lettre lorsque je serai en sécurité et assuré qu'elle ne sera pas ouverte par la censure.

Mon expédition est peut-être un suicide. Si c'est le cas, je retrouverai plus rapidement les miens. Quand je pense à eux, de lugubres pensées m'accablent.

Pardonne-moi, Nadine, si je n'ai fait que parler de moi.

Je te redonnerai de mes nouvelles dès que le quotidien me le permettra. Je ne te propose pas de m'écrire en retour : je ne sais même pas si je rentrerai un jour chez nous. Ni si ce chez-nous sera toujours à nous.

Tout est possible par ces temps calamiteux.

Nos fous rires et notre insouciance me manquent.

Je t'embrasse avec toute mon affection,

Ton Adrian. »

Je ressortis de cette lecture à la fois estourbie et apaisée. Ou du moins soulagée : le cœur de ce garçon était pris et je n'avais rien à espérer.

Parmi les papiers que les C. avaient sauvés des eaux se trouvaient, comme annoncés dans sa lettre, sa carte d'identité mais également une photo sur laquelle je distinguai trois belles personnes. Toutes blondes aux yeux clairs. Au premier plan, deux jeunes femmes qui n'avaient pas trente ans. Elles portaient la même robe noire cintrée et évasée, rehaussée d'une ravissante broche en or à décor de volutes ou de feuilles agrémentées de fleurs serties de brillants. L'une tenait dans sa main droite un violon. L'autre, un violoncelle par le manche. J'imaginai Hanna et Nina. Ou Nina et Hanna. Elles regardaient droit devant un point lointain, le menton légèrement en l'air. Altières. Un peu en retrait derrière, Adrian avait revêtu une queue-de-pie. Le sourire éclatant, il amorçait une révérence, la paume gauche posée sur le couvercle d'un piano à queue noir étincelant sous les rampes de lumières. Ils étaient sur la scène d'un grand théâtre parisien, bordée de lourds rideaux de velours foncé. Rouge, bleu, vert ? On pouvait tout supposer. Une chose était cependant certaine : ils rayonnaient, fiers d'être le centre de toutes les attentions. Leur jeunesse et leur beauté en étaient magnifiées. Ils m'évoquaient ces formations d'artistes – trios, quatuors – qui venaient se produire au Grand Hôtel de la Californie dans les années 1910. C'étaient eux qui m'avaient donné le goût de la musique et plus particulièrement celui du piano – cet instrument étant le seul à trôner à l'année dans le grand salon du palace, tel un prince en son royaume.

J'en étais là de mes pensées, un brin sombre et nostalgique, lorsque je sentis une présence derrière mon dos. Pareille à une gamine prise en flagrant délit de bêtise, mon premier réflexe fut de glisser sa photo sous ma cuisse.

— Merci de m'avoir sauvé de la syncope l'autre nuit…

Gênée, je bredouillai je ne sais plus quelle réponse oiseuse et inaudible.

— Je tiens beaucoup au cliché que vous venez de dissimuler sous votre arrière-train et je me réjouis, madame, que vous l'ayez soustrait à la destruction à laquelle une trop longue exposition à l'eau de l'Allier le prédestinait.

Je me revois, piquée au vif – et ruisselante de sueur –, tentant de l'extirper de dessous mes fesses collées à ma robe, elle-même collée à la photographie. L'humiliation était intégrale.

Inébranlable, Adrian enchaîna, grand seigneur :

— En vous soulevant de votre fauteuil, vous devriez, je pense, parvenir à vos fins. Ce n'est qu'une humble suggestion, bien sûr, mais qui sait si…

J'aurais aimé être en capacité de lui répliquer quelque chose de léger. Ou du moins de spirituel. Histoire de lui montrer que, moi aussi, je pouvais faire preuve d'humour. Mais, en sa présence, mon cerveau ne l'entendait pas ainsi. Et s'obstinait à faire de moi une décérébrée.

Le sourire dont Adrian me gratifia lorsque je lui rendis son bien me chavira. Je n'en montrai pourtant rien, fière comme Artaban.

Pour dissimuler mon embarras, je me mis en tête d'aérer son lit et lui proposai d'échanger nos places. Ce qu'il fit sans discuter – ou presque – et sans aucune difficulté – ses quarante-huit heures de sommeil l'avaient requinqué mieux que je ne l'avais envisagé.

Tandis que je me débattais avec ses oreillers qui perdaient leurs plumes, je le vis s'égarer dans la contemplation de sa photo. Une larme silencieuse brouilla son regard et son visage se vida de toute expression.

Affecté que je le surprenne ainsi meurtri, il se reprit dans la seconde.

— Ce concert a été immortalisé par mon père, le 5 mai 1937. Son appareil était un Rolleiflex, *old standard*. C'est ma mère qui le lui avait offert pour ses cinquante ans. Toutes ses économies y étaient passées et elle n'avait pas pu s'empêcher de le lui faire remarquer encore et encore ! On était salle Pleyel, à Paris. On avait assuré une série de six représentations. Le programme, imprimé sur papier vélin à l'encre sépia, était consacré à Debussy, un grand compositeur français de l'époque moderne que vous...

Désireuse de briller, je lui coupai la parole, sans égards.

— Je connais, merci, Claude Debussy. On lui doit *Pelléas et Mélisande*, un opéra en cinq actes, qui, avant d'être un triomphe majeur, fit un four magistral : personne n'avait pris le temps d'apprécier à sa juste valeur sa prosodie et son rythme lent, si particulier. C'est ma mère qui m'a raconté cette anecdote quand j'avais huit ou neuf ans. Nous habitions à l'année dans un sublime palace de la Côte d'Azur et Debussy était venu y séjourner deux ou trois semaines avec sa femme, Emma. C'était à la fin de sa vie, quelques mois avant la Grande Guerre. Je me souviens d'un vieux monsieur très doux et très diminué qui avait tout le temps mal au ventre.

Difficile de se montrer plus grotesque. Qu'avais-je donc besoin de la ramener de manière aussi vulgaire ?

Nullement agacé, Adrian se relança tout seul.

— Notre trio s'appelait le Trio Pouchkine. Il commençait à gagner en célébrité au moment où cette photo a été prise et…

Sa voix se mit à chevroter.

Pour l'encourager, je lui souris en lui effleurant le bout des doigts. Des doigts qu'il avait longs et fins. Et très sales malgré leur bain forcé dans l'Allier.

Rasséréné, il continua. La voix plus sûre.

— Nous étions de plus en plus souvent programmés à Paris mais aussi à Bruxelles, Londres, Viennes, Athènes, Sofia et même Helsinki ! Quand la guerre a éclaté, un producteur anglais se proposait de nous faire enregistrer notre premier microsillon. La gloire… Les deux belles jeunes femmes que vous voyez là sont mes deux grandes sœurs : à gauche, Hanna qui a cinq ans de plus que moi et qui joue du violoncelle. Au centre, Nina qui en a quatre de plus et qui joue de l'alto. On confond souvent alto et violon. L'alto est plus volumineux et sa tessiture est plus grave d'une quinte. Mais peut-être le saviez-vous aussi déjà…

Je me tus, cette fois. Ce qui le désarçonna et sembla presque le décevoir. Mais ne l'empêcha pas de poursuivre :

— C'est notre mère, Rachel, chanteuse lyrique, qui nous a transmis le virus de la musique quand nous étions petits. C'est à elle que nous devons le nom de notre trio. *La Dame de pique* est son roman de référence. Elle nous l'a même fait lire à tous en russe. Une vraie purge. Mais peut-être connaissez-vous également la composition de la famille si vous avez lu la lettre que j'ai adressée à ma cousine Nadine.

Elle était décachetée et abandonnée à mes pieds, je ne pouvais nier. Le sang de la honte me brûla les joues. J'aurais voulu, à cette seconde précise, me glisser sous les lattes du plancher pour disparaître à jamais.

— Il n'y a pas de quoi rougir, je vous en prie. J'aurais agi de même. Ne serait-ce que pour savoir avec qui je me compromettais !

Pour détendre l'atmosphère il ajouta :

— Entre nous, je ne sais pas si je me serais moi-même sauvé en me croisant dans le noir. Hagard et dégoulinant, je devais être patibulaire !

Pour le convaincre que je n'étais pas née de la dernière pluie, je lui assurai que je n'avais peur de rien. Ou du moins pas de grand-chose. Que j'appartenais à un réseau de Résistance. Que mon surnom était Coquelicot. Mais que mon vrai prénom était Prudence. La panique dans laquelle ce garçon me plongeait m'égarait : révéler son identité, même tronquée, était prohibé par le règlement. Et on ne peut plus suicidaire.

Comme toujours, mon prénom provoqua chez mon interlocuteur un rictus de surprise. Cette fois-ci cependant, le rictus fut assorti d'un inédit :

— Prudence… Ce prénom me rappelle la morale d'*Un lion amoureux* étudié au lycée Turgot, il y a quelques années. « Amour, amour quand tu nous tiens. On peut bien dire : adieu prudence ! »

Je ne saurais dire ce qui me glaça le plus en découvrant ces vers. Cette référence à son âge – qui me ramena une fois de plus au mien. Ou son propos même qui sonnait comme un avertissement.

Adrian me demanda de bien vouloir noter que, pour sa part, Didier n'était pas son prénom. Et Lesage, encore moins son nom.

— Mon patronyme est Friedman. Et comme il l'indique, je suis juif. Pour autant, je ne suis pas pratiquant. Ce qui ne m'empêche pas d'être une cible privilégiée pour les nazis et donc de me trouver ici, dans cette grange, avec vous à qui je dois d'être en vie. Vous avez ma reconnaissance éternelle, Prudence.

Pour couper court aux « De rien » – « Vous plaisantez » – « Mais que nenni ! », je lui répondis que j'étais agnostique, que son Dieu m'importait peu, voire pas, et que je faisais passer plusieurs fois par mois des gens en zone libre sans jamais me soucier des raisons qui les poussaient à devoir tout abandonner derrière eux.

J'entrepris aussi – et non sans tracas – de me dévoiler sous mon meilleur jour en tentant d'occulter mon âge, mon statut de mère et d'épouse. Mon alliance que je ne quittais jamais me trahit plus tôt que je ne l'aurais souhaité. Tout comme une anecdote sans intérêt sur ma vie, qui lui permit de calculer que j'avais trente-sept ans bien sonnés. Cette différence d'âge n'eut pas l'air de l'affecter le moins du monde. D'ailleurs, plus notre discussion allait bon train, plus il me regardait avec intensité. Et bien qu'il demeurât d'une grande courtoisie – et gardât toujours ses distances –, chaque fois qu'il déportait ses yeux sur moi, c'était comme s'il me dénudait tout entière et me lisait à livre ouvert. Jamais je ne m'étais sentie aussi enjôlée par un homme. C'était atroce et… plus enivrant qu'un verre de vodka glacée – bu d'une traite, à seize ans, au congrès de Tours, avec ma complice Albertine Danger.

Plus je me consumais de l'intérieur et moins je savais quelle attitude adopter pour me tirer de ce guêpier. Devais-je rester ? M'enfuir ? Le dissuader ? Voire le chasser ?

Infoutue de trancher, je lui proposai – pour jouer contre la montre – de partager mes derniers abricots ainsi qu'un quart de miche de pain gris que j'avais chipé à la maison pour assurer mon trajet de retour vers Clermont. Sincère – ou juste poli –, il déclina mon offre, arguant que son estomac était noué depuis Paris. Pour ma part affamée, je ne pus me retenir bien longtemps. Même si mon pain était plus dur qu'une brique et menaçait de me briser les dents. Même si j'avais scrupule à manger devant lui…

Percevant mon malaise, Adrian se porta à mon secours.

— Tout compte fait, vous me donnez faim, Prudence ! S'il vous en reste un peu, je vous accompagne…

L'hilarité qui nous prit lorsque nous nous surprîmes à mastiquer comme deux enragés nous rapprocha mieux qu'un baiser. Cela faisait longtemps que je n'avais pas autant ri. Peut-être depuis notre ascension du puy avec Séraphin.

Parce que sa montre indiquait vingt-deux heures, nous décidâmes qu'il fallait que nous nous reposions pour emmagasiner les forces nécessaires aux kilomètres qui nous attendaient : lui pour rejoindre la Méditerranée. Moi, pour regagner mon foyer.

Je m'endormis en me posant mille questions : pourquoi étais-je encore là ? Pourquoi me faisait-il un tel effet ? Pourquoi étais-je prête à tout envoyer valser pour une histoire dont je sortirais de toute évidence blessée ? D'ailleurs, ne me faisais-je pas des films ?

Il se réveilla aux aurores tandis que je dormais comme un loir. Son regard parcourant mon corps me tira de ma torpeur. Et m'anima. Je me souviens que ma première pensée – puérile – fut alors : « Mon Dieu, ai-je parlé ? Ronflé ? Bavé ?! » Comme s'il fallait qu'il m'apprécie à tout prix. Ou du moins que je ne le déçoive pas. Alors que je n'étais – encore – rien pour lui. Et qu'il n'était – encore – rien pour moi.

Son sourire – profond, tranquille –, ses yeux – confiants –, sa présence – pleine –, la mienne – si déplacée à ses côtés – m'apparurent comme une flagrance. Autant Séraphin avait été pour moi comme un frère avec qui j'aurais joué au papa et à la maman. Autant Fernand était mon meilleur ami doublé d'un bon mari. Autant cet homme était celui que j'espérais, sans me douter qu'il existait. C'était insensé. Et totalement déplacé.

Se penchant soudain vers moi, il me chuchota dans le creux de l'oreille :

— Vous n'avez pas envie de revoir la mer, Prudence ? De sentir le soleil vous chauffer la peau, de dormir à la belle étoile, de humer le thym, la lavande, d'écouter les cigales striduler ? Qui sait de quoi demain sera fait ? Si nous serons encore de ce monde dans une semaine ? Accompagnez-moi jusqu'à mon point d'embarquement. Offrons-nous une équipée, tous les deux, vers le sud. À la manière dont vous l'évoquez, les yeux humides, je sais que la Méditerranée vous manque. Voulez-vous mourir sans vous y être de nouveau baignée ?

Puis, s'écartant pour que je voie son clin d'œil complice :

— Elle… elle est bien plus chaude que l'Allier, vous savez !

Cette proposition me chambarda. Adrian lisait dans mes pensées. Savait ce dont je rêvais en silence depuis des années sans oser me le formuler. Était-ce ainsi qu'on s'accordait quand on s'aimait ?

Je m'entendis lui répondre d'une voix blanche :

— Je suis partie de chez moi depuis plus de trois jours, Adrian. Je dois être raisonnable et rentrer à Clermont. Mon époux est coutumier de mes tournées, il sait depuis le début de la guerre qu'elles peuvent durer deux, voire trois, quatre jours. En revanche, si je persiste à tirer sur la corde comme je le fais, il y a de fortes chances qu'il s'inquiète et alerte les autorités. Si la police s'en mêle, nous courons le risque d'être découverts et arrêtés mais en plus nous prenons la responsabilité de mettre en danger tout le réseau. C'est juste inconcevable.

Adrian se révéla plus coriace que je ne l'avais supputé. Ses pupilles plantées dans les miennes, il argumenta, porté par l'énergie du condamné :

— Rédigez un télégramme à votre mari pour lui annoncer que Vichy vous a réquisitionnée. La maternité de Vichy, pas le gouvernement, s'entend. Dites-lui que le personnel leur fait défaut en ce moment, que vous ne pouvez pas vous dérober à leur injonction, que bientôt vos consœurs reviendront de congé mais que là, maintenant, il y a une recrudescence des naissances im… imprévue et que, sans vous, des centaines de mères pourraient y passer. Bref, que vous êtes leur dernier recours et que… et que vous êtes piégée !

Dieu qu'il était fougueux. Et si peu au fait du cycle de la vie. Comme si des naissances pouvaient être « imprévues ». Comme si, en temps de guerre, la natalité pouvait exploser. Comme si j'étais en capacité de sauver des « centaines de mères », seule avec mes petits bras si fatigués. Mais qu'importe. Sa motivation me stimulait. Et me faisait entrevoir l'impossible.

— Pour les vélos, vous avez le vôtre et moi, vous m'en achèterez un avec l'argent que les C. ont eu la présence d'esprit de… de sauver. Il faudra d'ailleurs que je les récompense pour leur bravoure et leur honnêteté. Rappelez-le-moi si jamais j'oublie. J'ai tant de choses à penser. Ce dont je suis cependant certain, c'est que pour gagner mon port d'embarquement, on empruntera la Nationale 7, celle qui part de Paris et rallie l'Italie d'une traite.

Pour emporter mon adhésion, Adrian ébaucha une carte de France sur un carnet à rabat en cuir chocolat.

— Regardez, Prudence, suivez mon doigt : la N7 descend plein sud jusqu'à Fréjus *via* Roanne, Orange et Aix. Arrivée sur les rives de la Méditerranée, elle effectue un virage à l'est pour rejoindre l'Italie en longeant la côte jusqu'à Menton. Ce qui veut dire qu'il n'y aura pas de montées, que de la descente en piquée : une vraie partie de campagne !

Devant ma mine éberluée, Adrian se sentit obligé de rectifier. Un ton au-dessous. Avec une pointe de nostalgie dans la voix.

— J'ai bien conscience que ce n'est pas parce que l'on roule du nord au sud qu'un terrain déclive. Sauf que quand j'étais petit garçon, mes grandes sœurs aimaient me faire croire que c'était le cas. Et… et ça m'est resté depuis. Comme une blague un peu idiote qui me rattache à elles.

Il posa sa main sur mon épaule. Et je ne tentai pas de m'échapper.

— La nuit, on dormira sous la voûte étoilée. On est fin juillet, il ne devrait pas faire trop froid. Si jamais ce devait être le cas, on se serrera.

Satisfait de l'emprise qu'il pressentait avoir sur moi, il continua :

— On fera notre toilette… ou pas. Dans des rivières, des ruisseaux ou des torrents. Il faudra qu'ils ne soient pas trop froids parce que j'ai eu ma dose. Pour manger, on volera la nuit ce qui n'aura pas été récolté dans les champs et les vergers. La région en regorge, surtout vers Avignon et Carpentras. En dernier recours, on achètera à des fermiers ce qu'il nous manquera. L'important sera de ne pas nous faire remarquer, d'être discrets, d'avoir… d'avoir l'air d'être un vrai couple d'amoureux en vacances. Vous voyez, j'ai pensé à tout pendant que vous dormiez. Dites oui, Prudence. Allez, dites oui. Je sais que vous en mourez d'envie.

Adrian n'avait pas fini d'articuler le mot « envie » que je savais déjà que je le suivrai. C'était dément, mais à ses côtés, je me sentais pousser des ailes. Ce jeune homme, de douze ans mon cadet, était mon évidence.

Au chant du coq le lendemain, nous disions au revoir aux C. Comme convenu, Adrian les dédommagea avec largesse et leur promit de repasser les saluer – s'il revenait entier de cette sale guerre. Soulagés que nous leur débarrassions le plancher, les C. se montrèrent plus que zélés. En moins de temps qu'il ne fallut pour le dire, ils dégotèrent un vélo pour Adrian, graissèrent mon dérailleur et remplirent nos sacoches de denrées – « De quoi tenir au moins jusqu'à Valence ! ». Par leur truchement, je trouvai le moyen de faire partir mon télégramme à l'adresse de Fernand. Et de lui glisser deux ou trois instructions au sujet de Jeanne qui filait un mauvais coton depuis qu'elle fréquentait les copains de Paul que le STO avait jusque-là épargnés. J'avoue qu'en la matière, j'avais peu, voire pas, de leçons à donner. Mettre sous cloche ma fille aînée ne m'octroyait pas le droit de faire n'importe quoi. Même si ça me donnait bonne conscience de le penser.

Notre première journée se passa à pédaler comme des dératés pour récupérer la Nationale 7 à Bagnols. Dans ce village dressé au cœur du Beaujolais, Adrian avait un contact vigneron supposé lui indiquer où, quand et comment embarquer pour l'Afrique. Leur rendez-vous étant prévu à dix-huit heures, aucun retard n'aurait été toléré – ce qui explique la cadence infernale qu'il nous imposa. Nous aperçûmes le clocher de Bagnols en milieu d'après-midi, à l'heure où le soleil commençait à taper bas.

Adrian s'éclipsa une petite heure. J'en profitai pour nous trouver un toit ou du moins un couvert pour passer la nuit. Mon choix se porta sur un vieux pigeonnier noyé dans les vignes dont la porte n'était pas fermée. Des restes de foin fraîchement coupé couvraient le sol. En moins d'une demi-heure, j'en amassai assez pour nous faire une couche épaisse.

Adrian revint survolté, en début de soirée. Un bateau de pêcheurs amarré dans une crique du côté d'Èze devait lui permettre d'embarquer pour la Corse. Le départ était prévu le 5 août, à une heure du matin. À charge pour lui de trouver ensuite le meilleur moyen d'aborder la Tunisie, l'Algérie ou la Libye pour rejoindre les Forces françaises libres. Des bruits concernant un potentiel débarquement allié couraient depuis quelques semaines dans les milieux informés et Adrian, mis au parfum par un copain parisien – le fils de l'imprimeur qui lui avait procuré ses faux papiers –, voulait en être.

— Vous savez, Prudence, il nous faut coûte que coûte ouvrir un deuxième front contre les Allemands pour soulager l'URSS qui se bat seule à Stalingrad depuis deux semaines. Au passage, ça nous permettra de garder la main sur Suez sur lequel lorgne l'Afrikakorps.

À cette évocation, la lettre de Paul dans laquelle il évoquait son éblouissement lors de sa traversée du canal me revint en mémoire. Cette fulgurante réminiscence me ramena à mon âge. Deux pauvres soustractions me suffirent pour évaluer – au cas où j'en aurais encore douté ! – que moitié moins d'années séparaient mon fils d'Adrian qu'Adrian de moi. Bon sang, qu'est-ce que je fichais là ?

Confrontée à l'euphorie du jeune homme pressé de pouvoir « enfin en découdre avec les Boches », j'éprouvais de plus en plus de difficultés à donner le change. Là encore, le souvenir de cette conversation volée entre Paul et le fils de nos voisins avec qui il envisageait de filer chez les Anglais me plongea dans un abîme de perplexité. Qu'avaient donc nos enfants à vouloir se jeter dans la gueule du loup ?

C'est seulement après m'être calée de trois tranches de saucisson sur un morceau de pain et d'une montagne de prunes juteuses ramassées dans un fossé que je recouvrai mes esprits. Qui me rappelèrent que nous étions épuisés. Et qu'il valait mieux que nous nous retapions *illico* si nous voulions partir à la fraîche pour gagner notre prochaine étape, Saint-Rambert-d'Albon.

Comme si les dieux nous escortaient, la route se fit de nouveau sans encombre. Sous un ciel bleu acier, alors que de toutes parts fusait le bourdonnement des insectes excités par l'été, nous nous sentions si libres et si légers que nous aurions pu nous croire en vacances. Loin, très loin de cette interminable guerre qui saccageait notre pays.

Je nous dégotai pour notre deuxième nuit une cabane en pisé qui faisait office de réserve à outils. Sous le regard narquois d'Adrian, je réordonnançai les lieux afin de dégager un espace assez grand pour nous allonger sans être obligés de nous toucher. Comme je me l'étais juré, je m'efforçai de garder au mieux mes distances. Ce n'était pourtant pas l'envie de me blottir contre lui qui me manquait. D'ailleurs, au réveil, nos pieds s'étaient emmêlés. Comme aimantés. J'en rougis pour sa plus grande joie. Ce qui me mit hors de moi.

Nous longeâmes les rives du Rhône bouillonnant poussés par le mistral. Venu du nord, il soufflait si fort que c'est à peine si nous avions besoin de pédaler sur les plats. C'était épatant. Et déroutant. Pour notre troisième nuit, nous fîmes halte à La Garde-Adhémar. Un village médiéval dominant la vallée. C'est Adrian qui cette fois nous trouva notre refuge nocturne. Un prieuré du XIIe siècle qui portait le joli nom de Val des Nymphes. Et offrait l'avantage d'être doté d'un petit bassin rectangulaire alimenté en eau claire. M'y plonger tout entière – après avoir sommé Adrian d'aller voir là-bas si je m'y trouvais – me fit me sentir neuve. Me sécher tout contre ses murs chauffés à blanc par le soleil de juillet me rappela combien il était bon de presser son corps contre des pierres bouillantes. Comme je le faisais, petite fille, au contact des hauts murs du Grand Hôtel de la Californie, lorsque je devais compter jusqu'à trois cents pour laisser le temps à mon copain Edgard de se trouver une cachette. Dieu que le cagnard m'avait manqué. Tout comme la mélopée des grillons dont les stridulations sourdes m'hypnotisèrent puis m'endormirent. Le figuier sous lequel nous nous étions étendus ne nous protégea pas de l'épaisse rosée qui s'abattit sur nous au lever du jour. Bien que gelée jusqu'aux os, je refusai les bras qu'Adrian me tendait pour m'encercler de sa chaleur. Dans mon bas-ventre et dans ma tête, c'était la tempête. Mais je résistais. Vaille que vaille.

Avant d'atteindre les rives de la Méditerranée, nous fîmes encore étape à Mallemort et Brignoles où nous partageâmes la litière de deux chevaux de trait dans une vaste écurie au toit éventré. Cette porte ouverte sur le ciel, tel le dôme d'un mini-planétarium, augurait le meilleur pour notre soirée. Arrivés au bout de nos réserves, nous nous risquâmes à acheter de quoi nous remplir la panse à l'épicerie du village : une fougasse au lard dorée, un melon de Cavaillon, des petits fromages au lait de brebis, un bocal d'olives noires et une bouteille de rosé. Pour notre plus grand soulagement, personne ne fit grand cas de notre présence. Et nous nous offrîmes même le luxe de nous y balader en touristes à l'ombre de ses venelles. Comme le front, Hitler, Pétain et les miens me… nous semblaient loin. Si ce n'étaient les affiches placardées aux principaux points de rencontre du village pour encourager la gent masculine à partir travailler en Allemagne pour permettre « la libération de trois prisonniers français » – ce que Laval appelait avec hypocrisie « la relève » –, nous aurions pu nous croire en temps de paix.

Le vin me désinhiba plus que je ne l'aurais imaginé. Contre la promesse qu'il me raconte sa famille, je lui narrai la mienne depuis ma naissance à Cannes en 1905. Nous étions couchés tête-bêche sur une botte de paille d'avoine défaite, les yeux perdus dans les profondeurs de la Voie lactée, et Adrian me confia la fuite de son père en 1903 pour échapper à un pogrom en Bessarabie – pogrom au cours duquel une cinquantaine de Juifs accusés d'avoir vidé un nouveau-né de son sang pour fabriquer la matza de Pâques trouvèrent la mort avec la silencieuse complicité de la police. Arrivé seul à Paris à trente-six ans, Salomon, luthier de père en fils, remisa ses ciseaux à bois pour ouvrir une librairie musicale dans le Marais.

Il y rencontra Rachel, une chanteuse d'origine russe de vingt-deux ans venue parfaire son apprentissage à Paris. Elle fut sa plus fidèle cliente avant de devenir son épouse. Rachel et Salomon se crurent longtemps infertiles. Ils avaient beau s'aimer de toutes leurs forces, aucun bébé ne se présenta avant que Rachel n'atteigne ses trente et un ans – ce qui lui permit de consolider sa renommée de mezzo-soprano et d'intégrer les plus prestigieuses productions. Sans que l'on sache jamais pourquoi – à l'aune de mes connaissances de sage-femme, je conjecturerais bien une endométriose –, après deux fausses couches, Hanna vit le jour en 1912 et Nina en 1913. Adrian fut leur belle surprise de 1917 – année au cours de laquelle Salomon ouvrit une seconde librairie dans le quartier de l'Opéra. Avec des parents aussi portés sur la musique que Rachel et Salomon, chaque enfant se vit confier un instrument le jour de ses cinq ans. Hanna, un violoncelle. Nina, un alto. Et Adrian, une clarinette qu'il abandonna à onze ans pour le piano – « Un instrument certes un peu plus imposant mais qui offrait un éventail de registres bien plus intéressant ! » J'enviai sans pour autant la jalouser cette communion musicale qui, en plus de leur amour filial, offrait d'exceptionnels moments de partage à cette tribu hors normes.

Nous fûmes réveillés au petit matin par un fantastique orage d'été qui nous précipita dans la seule stalle qui possédait encore sa toiture. Après avoir essoré et suspendu nos vêtements, j'acceptai de me coller contre le dos d'Adrian pour me revigorer. Fidèle à ses engagements, il ne tenta rien de déplacé. Ce qui ne m'empêcha pas de m'enflammer. Jamais de ma vie je n'avais ressenti aussi divine brûlure. À trente-sept ans, il était moins une. Pour réprimer mes sens, je m'obligeai à lister tout ce qu'avaient dû faire les enfants, Yvonne et Fernand depuis mon départ pour Chassenard. L'effet fut quasi immédiat.

Brignoles-Saint-Raphaël nous demanda moins de deux heures. Lorsque nous aperçûmes enfin la mer au détour d'un lacet, mon cœur manqua de s'émietter. L'Atlantique et ses gigantesques rouleaux découverts avec Céleste après la mort de Séraphin étaient certes beaux. Mais rien à voir avec le bleu de la Méditerranée et ses reflets mordorés qui me tirèrent des larmes de joie. Et de tristesse. Que de temps perdu. Adrian, ému de me voir si touchée, m'enlaça et posa son menton sur ma clavicule. Son souffle sur ma nuque réveilla mes ardeurs. Et mes peurs…

Sans crier gare, deux policiers surgis de nulle part nous tirèrent de nos songes d'un strident coup de sifflet. Avant qu'ils n'aient le réflexe de nous demander de présenter nos papiers, Adrian me retourna pour m'embrasser.

Contre toute attente, le plus gradé des deux hommes de loi nous lança avec affection :

— Eh oh, les tourtereaux, faut pas rester plantés là ! Circulez ! Y a pas deux mois, un couple comme le vôtre a été emporté par un morceau de pierre qui s'est décroché de la corniche juste au-dessus de vos deux p'tites têtes d'anchois. Leurs corps escagassés en bas du terrain n'étaient pas jojo à regarder...

Soulagés qu'ils ne nous cherchent pas de noises, nous enfourchâmes nos vélos sans demander notre reste. Nez au vent, je souris à la pensée qu'il nous avait traités de « tourtereaux ». Serait-ce que j'étais moins décatie que je le présupposais ?

Par le littoral, trois petites heures nous séparaient de Cannes. Plus la cité se rapprochait, plus mon coup de pédale se faisait lourd. La faute aux ornières et au soleil caniculaire, bien sûr. Mais aussi à un mélange de hâte et de panique à l'idée de retrouver Le Grand Hôtel de la Californie. J'obtins d'Adrian que nous reportions notre visite au palace au lendemain. En échange, j'acceptai de faire halte à Théoule-sur-Mer – dans la crique même où mes parents avaient célébré leur nuit de noces – pour que nous nous baignions... enfin – parce qu'au fond, tel était le but de notre échappée.

Notre bain pris en fin d'après-midi, à l'heure où la mer chauffée par le soleil de la journée se pare d'irisations rose argenté, me fut d'un grand salut. Il me libéra de mes angoisses et de mes incertitudes. Me lava de mes chagrins et de mes frustrations. Portée par cette eau épaisse et moelleuse, je me sentais libre. Et forte. Malgré les kilomètres avalés par centaines depuis Chassenard, je nageai longtemps. Et loin. Très loin. Jusqu'à flirter avec l'accident. À tel point qu'Adrian – qui avait moins d'endurance que moi en dépit de son bel âge – prit peur et me supplia de retourner vers le rivage avec lui. Enivrée par ce sentiment de plénitude, je riais et le rassurais sur ma santé mentale et physique tout en visant l'horizon et… m'imaginant atteindre les côtes africaines qu'il foulerait bientôt du pied. Chacune de mes brasses effectuées avec un ressort que je ne me soupçonnais pas dessinait autour de moi des sillages réguliers qui me semblaient autant de lignes de vie. Celle de papa torpillée à la guerre. Celle d'Yvonne brisée par la disparition de Luigi. Celle de Séraphin pulvérisée par une palette de gomme mal arrimée. Celle de Paul qui s'égarait en Cochinchine. Celle de Fernand tracée pour défendre les opprimés. Celle d'Adrian qui s'ébauchait en pointillé. La mienne de moins en moins vertueuse. De plus en plus sinueuse.

Je sortis de cette baignade malgré tout galvanisée. Et surtout décidée à accepter de m'écouter pour ne rien avoir à regretter.

Arrivés à Cannes au crépuscule, nous n'eûmes que peu de choix pour dîner. Nous jetâmes notre dévolu sur la seule gargote qui servait encore à cette heure avancée de la daube de sanglier – il n'en avait jamais goûté ! Par lâcheté, je déportai la conversation sur Albertine et mes années Michelin ; mon père et sa passion des jardins ; mon métier de sage-femme et mes tournées à bicyclette. Stimulé par mes propos, Adrian me décrivit l'effervescence de la rue du Château-d'Eau, ses vacances avec la fameuse Nadine à Saint-Valéry-en-Caux, le conservatoire de piano et ses premiers concerts salle Gaveau. En l'écoutant, j'en vins à me maudire de ne pas avoir prolongé mes études au-delà du brevet comme Séraphin me l'avait tant de fois intimé. Et d'avoir abandonné le piano où, sans fausse modestie, j'excellais jusqu'à ce que je le rejette en bloc, avec Sainte-Thècle, Mlle Nourisson, Berthe de Roquemaurel et toute sa clique.

Pour notre ultime nuit, je proposai à Adrian d'investir une cabine de bain en contrebas du Majestic. Ce n'était pas prudent mais je tenais à être bercée par le roulis des vagues et surtout à assister au lever du soleil sur les îles de Lérins. Après un bon coup de rangement – de toute mon existence, je n'avais jamais vu autant de pelles, de râteaux et de seaux dans un espace aussi réduit –, nous nous sommes enchâssés sur une serviette-éponge étalée à même le plancher. Elle n'était pas très épaisse mais avait le mérite de nous isoler du sable qui maculait le sol. À peine se plaqua-t-il contre moi que, de nouveau, mon bas-ventre s'embrasa. Comme au sortir d'une longue hibernation, tout mon être criait famine. C'était bestial. Presque brutal. Lorsqu'il m'enserra la taille pour que je sois face à lui et l'autorise à s'aventurer plus loin, l'excitation que je lui inspirais m'exalta. D'un seul coup, dans un immense fracas intérieur, chacune des digues que j'avais érigées pour me préserver de ses assauts céda une à une. Une fièvre fulgurante submergea mon entrecuisse gonflée de désir lorsqu'il me retira mes vêtements en prenant tout son temps. Débarrassée de toute pudeur, ardente comme jamais je ne le serais plus, je me surpris à implorer le plaisir et, le trouvant trop timoré, à guider ses doigts vers mon intimité. Grisé par ma témérité, il plongea son visage dans mon sexe et finit de me faire perdre la tête. Une vague incommensurable me balaya tout entière et explosa en moi. Je me croyais rassasiée lorsqu'il me pénétra. Je jouis jusqu'à l'insupportable. Comme je le remerciais de cet orgasme inouï – la Terre avait cessé de tourner, j'avais quitté mon corps, été traversée d'ondes électriques –, il me sourit tendrement et me répondit en riant qu'il m'aimait. Que c'était fou comme il m'aimait. Qu'il n'avait jamais aimé comme il m'aimait. Que j'étais belle. Émouvante. Lumineuse. Mystérieuse. Admirable. Brillante. Tumultueuse. Que j'étais celle qu'il attendait depuis toujours. Qu'il attendrait jusqu'à son dernier jour.

Ses mots me renversèrent. Et m'affligèrent. Coupable d'avoir trahi Fernand, mon homme, mon ancre, je l'embrassai pour le faire taire. Et il se tut. Parce qu'il était intelligent. Respectueux. Et compatissant. Ivre de volupté, je me recroquevillai dans ses bras, le cœur encore tout affolé. Il s'endormit bien avant moi, les mains nouées autour de ma taille. Figée dans cette suave immobilité, j'aurais voulu demeurer ainsi éternellement. Pour profiter de cet éphémère instant, l'inscrire au firmament. Terrassée par l'émotion, je m'assoupis à mon tour, incapable de lutter plus avant…

Nous fîmes une nouvelle fois l'amour au point du jour. Au diapason de la marée montante. Persuadée que jamais plus je n'éprouverais pareille félicité, je m'efforçai de tout graver pour ne jamais oublier. Je n'ai d'ailleurs rien oublié. Bien que quarante années se soient écoulées depuis cette nuit arrachée à la folie des temps, mes lèvres ont gardé en mémoire le goût sucré de sa bouche. Et salé de sa peau.

C'est un pêcheur exaspéré d'avoir enrayé son moulinet qui nous réveilla en jurant contre « cette brêle de saint Pierre » supposé lui remplir ses paniers. Il était dix heures passées, nous avions raté le lever du soleil sur les îles de Lérins, mais qu'importe.

Nous abandonnâmes notre cabine, sans nous retourner, après un dernier bain – à bonne distance du pêcheur énervé. C'est à pied que nous allâmes au marché Forville – où Yvonne se procurait ses oranges et ses citrons lorsque j'étais enfant – afin d'y acheter des panisses pour notre déjeuner. Adrian se risqua plusieurs fois à me saisir la main. Chaque fois je l'éconduisais. À regret. J'appréhendais tant le moment où nous devrions nous séparer que je préférais anticiper. Pour autant, l'atmosphère resta au beau et un fou rire nous saisit à la vue de notre infortuné pêcheur en plein conciliabule avec un poissonnier.

— Et je compte sur toi pour qu'Adèle n'apprenne jamais que je t'ai acheté ces trois rougets ! Sûr qu'elle en ferait tout un foin. Aussi pire que si j'étais revenu bredouille. C'est dire, peuchère…

Adrian n'aurait pas insisté, nous ne serions jamais montés jusqu'au Grand Hôtel de la Californie. Certes, je crevais d'envie de renouer avec lui mais j'avais si peur qu'il ait été réquisitionné, vandalisé ou détruit. Avant d'aborder le dernier tournant, celui qui nous révélerait enfin « ma maison », j'envoyai Adrian en repérage. Le sourire en coin qu'il arbora en revenant vers moi finit de me rassurer complètement. Mais je déchantai rapidement : un imposant cadenas empêchait qu'on ouvre le portail principal et celui-ci était bien trop haut pour jouer les alpinistes. Prise d'un éclair de génie, je me souvins soudain que l'on pouvait aussi se faufiler dans le jardin par une porte dérobée. Celle-là même par laquelle Luigi se faisait livrer ses cageots de fleurs et ses plantes en pot. Dissimulée par un odorant jasmin sauvage, elle était toujours là. Et n'était pas fermée à clef. À l'aide de mon canif, Adrian dégagea la poignée qui était grippée et la fit céder d'un vigoureux coup de pied. En nous introduisant dans le parc rendu à l'état sauvage, le palace, vidé de ses occupants – mais toujours aussi souverain – paraissait orphelin. Les yeux écarquillés, j'avançai telle Alice au pays des merveilles. Tout aussi subjugué que moi, Adrian m'agrippa le bras. Cette fois-ci je ne le retirai pas, le laissant m'entraîner à travers les fougères et les rosiers, contourner les bassins et les palmiers, enjamber des parasols jetés à bas pour gagner l'entrée des employés qui n'était pas verrouillée.

À l'intérieur, rien, ou presque, n'avait bougé. Les pièces avaient conservé leur attribution et les meubles – recouverts de draps de coton blancs –, leur place. Seuls les tentures et les tapis avaient été remis à neuf. Tout à la fête de retrouver le berceau de mon enfance, je le guidai jusqu'à l'ascenseur hydraulique pour visiter les appartements que nous occupions avec mes parents sous les toits, transformés en débarras. J'eus le plus grand mal à me figurer à quoi il ressemblait jadis. Si cela me pinça le cœur, je n'en montrai rien.

C'est à pas feutrés que nous regagnâmes le grand salon. La valse des particules de poussière qui peuplaient les rais de lumière filtrant par les persiennes nous transporta. Sans prévenir, Adrian me fit basculer sur une méridienne – celle-là même où ma mère m'interdisait de m'asseoir au prétexte qu'elle était habillée de soie. Alanguie par les sensations qu'il avait attisées quelques heures plus tôt en moi, je ne regimbai pas.

Après l'amour, lorsque je me réveillai, il faisait presque nuit. Comme dans la grange à Chassenard, c'est son regard parcourant mon corps qui me sortit de ma léthargie. En silence, il tira une cigarette de sa chemise et me proposa d'en prendre une bouffée. Je n'avais jamais fumé de ma vie mais j'étais heureuse d'essayer. Une nouvelle première fois qui deviendrait une dépendance dont je ne me déferais jamais.

D'un ton grave, passant du « vous » au « tu », il me supplia :

— Si je m'en sors, si je reviens de là-bas, jure-moi de me revenir pour ne jamais plus me quitter. Oublie notre différence d'âge, s'il te plaît. Et écoute-moi. Ne passe pas à côté de ta vie tracée pour se dérouler à mes côtés. Quand la guerre sera finie, nous irons nous établir loin d'ici, en Angleterre, aux États-Unis, en Australie. Tu pourras reprendre le piano, faire ta médecine, lire toute la journée ou juste… juste ne t'occuper que de moi ! Nous nous aimerons comme si c'était chaque fois la première, tu seras ma reine, je serai ton roi. Ou tout ce que tu voudras. Je deviendrai le plus grand pianiste de tous les temps, j'aurai de fantastiques cachets, tu n'auras plus aucune tâche domestique à effectuer. Tu m'accompagneras dans mes déplacements, en voiture, en paquebot, en avion ou à vélo ! Tu porteras les plus beaux vêtements, je te couvrirai de bijoux précieux, on dînera dans les meilleurs restaurants. On vieillira ensemble. Et plus tu seras fripée ou édentée ou sourde comme un pot ou… ou les trois à la fois et plus je t'aimerai ! Tu me crois ? Tu me fais confiance ?

Folle, je dis oui à tout. Et lui demandai de me quitter sur-le-champ pour aller retrouver son passeur et ne pas être tentée de revenir sur ma promesse.

Il ne se fit pas prier.

Il était convenu qu'il m'écrirait chez Albertine lorsqu'il reviendrait d'Afrique et nous aurait « délivrés des Allemands ! ».

Après un ultime tour du propriétaire, les sens aux aguets, je fis mes adieux au Grand Hôtel de la

Californie. Quelques mois plus tard, il serait occupé par les Allemands. Puis, après leur débarquement, par les Américains. Avant d'être transformé en résidence et divisé en appartements.

Habitée par la foi du charbonnier, j'ai remonté la Nationale 7 en sens inverse sans en faire un pèlerinage. J'ai pédalé vite. Sans détours. Je voulais regagner mon foyer au plus tôt pour organiser ma désertion. Dans l'idée de rallier plus vite Clermont, je couvris les derniers deux cents kilomètres à l'arrière d'un camion, coincée entre des paniers de pêches et des montagnes de jambons. J'étais cinglée. Possédée. Mais sereine enfin.

Et puis Paul n'a plus donné de nouvelles.

Nous avons eu la visite de Yên.

Fernand s'est noyé dans l'alcool. A débloqué. Et a été condamné à dix-huit mois de prison.

Pour me punir de ne pas être morte de douleur et de déshonneur, j'ai demandé à Albertine de jeter au feu tous les courriers qu'Adrian m'enverrait. De ne jamais lui révéler mon nom s'il venait à débarquer. De le décourager. De le chasser. Et surtout de ne jamais me rendre compte de rien. Pour que je boive ma coupe jusqu'à la lie.

À la fin des années 1940, Albertine a déménagé. Adrian a perdu ma piste – si tant est qu'il la cherchait – et j'en fus soulagée. Anéantie aussi par la force des choses. Parcourue de soupirs, de fractures invisibles, je naviguai à vue.

Tomber sur lui à la Scala de Milan a été une épreuve sans nom.

Descendre à Cannes, un suicide en règle.

Mon gendre ne serait pas descendu me récupérer par la peau des fesses pour me ramener à la maison, j'aurais peut-être – sûrement – flanché. Et je m'en serais voulu *ad vitam aeternam* d'avoir une seconde fois trahi mon mari.

D'Adrian, il ne reste rien de tangible. À part son interview accordée à *Nice-Matin*, le 26 avril 1955. Elle ne quitte jamais mon sac à main.

J.-F.C. : Qu'aimez-vous le plus en France, maestro ?

A.F. : *À part le plaisir de déguster un verre de Gevrey-Chambertin accompagné d'un morceau de saint-nectaire sur une tranche de pain ? Ses coquelicots rouge sang qui envahissent les champs en mai, juin. J'aime cette fleur avec fureur. Elle pousse partout comme du chiendent. Elle résiste à la pluie, au vent, pousse sur les terres les plus pauvres, les plus arides. Et pourtant, elle fane dès qu'on la cueille. Outre leur endurance, leur grâce, leur velouté et leur extrême fragilité, les coquelicots m'évoquent aussi une femme unique à mon cœur. Une grande résistante française, qui appartenait au réseau Combat, à l'audace et à l'abnégation hors norme, qui a risqué sa peau pour des dizaines de Juifs comme moi pendant la Seconde Guerre mondiale. Ce surnom Coquelicot l'incarnait* *pleinement. Sans sa grandeur d'âme, sa hardiesse, sa détermination, son abnégation, jamais je n'aurais franchi la ligne de démarcation en juillet 1942. Sans Coquelicot, je serais parti en fumée par une cheminée, dans l'indifférence du monde. Comme tous les miens. Je dois la vie à cette femme engagée qui avait le cœur à gauche. Je lui dois aussi ce que je suis devenu : un compositeur américain reconnu, célébré, récompensé et interviewé sur cette sublime terrasse du Carlton, à Cannes, par un reporter de* Nice-Matin *!*

J.-F.C. : Message reçu cinq sur cinq, maestro ! Néanmoins, et malgré sa chute toute récente, il reste encore aux États-Unis de nombreux disciples du sénateur McCarthy. En pleine guerre froide, ne craignez-vous pas, en tenant ces propos nobles et hardis, de perdre votre nationalité d'adoption ? Voire d'être banni des États-Unis ?

A.F. : *Qu'importe ce que pensent ces illuminés ! Je ne vois pas le mal qu'il y a à affirmer que les communistes français, par l'intercession de femmes comme Coquelicot, m'ont sauvé d'une mort assurée. Vous en connaissez beaucoup, vous, des hommes, des femmes et des enfants raflés par la police française en juillet 1942, qui sont revenus de Dachau, Buchenwald, Treblinka ou Auschwitz ? Pas un membre de ma famille n'est rentré à la maison après l'armistice. Je suis aujourd'hui seul au monde. À cause d'Hitler et des nazis, je suis un arbre sans feuilles et sans racines.*

Mais je suis en vie. Et personne ne m'ôtera le droit de rendre hommage aux résistants français, de gauche, de droite ou de rien, et à Coquelicot en particulier !

J.-F. C. : Évidemment.

A.F. : *D'ailleurs, je vais vous faire une confidence. Si je devais être un jour banni des États-Unis comme mes amis Berthold Bretcht ou Charlie Chaplin, je viendrais me réfugier ici, à Cannes, au Grand Hôtel de la Californie. J'y ai acheté il y a quelques années un vaste appartement en souvenir de Coquelicot, le seul amour de ma vie. Il n'attend plus qu'elle…*

J.-F. C. : On pourrait croire au script d'une comédie romantique américaine comme seuls les studios d'Hollywood savent les écrire ! Mais revenons-en à Cannes si vous le voulez bien. C'est à Èze, non loin de cette bonne et belle ville de Cannes qui vous accueille ces jours-ci dans le cadre de son Festival de cinéma international, que vous avez embarqué clandestinement, en juillet 1942, pour rejoindre l'Afrique du Nord et l'armée libre française. Peu de gens le savent…

Lait Mont-Blanc « Beaux Enfants »

Le 7 avril 1922, sortait des chaînes de fabrication de la Compagnie générale du lait la première boîte de lait concentré française. Destiné à complémenter l'allaitement et soulager « les bébés vomisseurs », ce produit – « Celui dont on ne se passe pas ! » – nourrirait moult générations d'enfants, petits et grands. Installée à Rumilly – la légende voudrait que Rumilia, déesse romaine des nourrices, soit à l'origine du nom de cette petite ville implantée entre Alpes et Jura –, la Compagnie générale du lait adopterait, en 1924, la marque : Lait Mont-Blanc.

C'est dans la plus vieille brasserie alsacienne de Lyon, Georges, qu'Olivier, fils de Valentine, fêta ses sept ans, le 12 octobre 1968. Si cela n'avait tenu qu'à lui, un bon poulet rôti, cuit dans leur Hoover importé des États-Unis, aurait amplement suffi. Mais mon gendre – qui s'apprêtait à inaugurer son troisième magasin d'électroménager « français ET américain » – venait d'y décrocher son rond de serviette et entendait, je le sais, me « rabattre le caquet avec » !

Christian m'horripilait tant que j'envisageais de boycotter l'événement. Sans l'insistance de Valentine, jamais je ne me serais imposé le voyage aller et retour dans la journée.

— Maman ! Olivier ne peut pas payer les pots cassés de vos gamineries. Pense à lui avant de ne penser qu'à toi. Surtout que, quoi que tu fasses ou feras, Christian, on ne le changera pas. Et je sais de quoi je parle.

Plus les années passaient, plus ce mariage m'ulcérait.

En retard et en pétard – une pluie grasse et visqueuse m'avait accompagnée tout le long du trajet –, j'avais déboulé au restaurant sans concept de cadeau immatériel. En même temps, pourquoi me casser la tête ? Je savais d'avance qu'aucun présent ne serait jamais assez beau ou assez grand pour Olivier, son si précieux fils – Hélène et Alice, nées filles, ne comptaient pour rien.

C'est en observant, consternée, Christian engloutir à pleines dents une monstrueuse torche aux marrons – plus connue du grand public sous l'appellation Mont-Blanc – que j'eus soudain l'idée de lui offrir la marque de Lait Mont-Blanc sans lequel son oncle Paul serait mort de faim à sa naissance. Et sans lequel un paquet de femmes n'auraient jamais été, pour partie, libérées de l'allaitement…

Mais revenons-en au commencement.

Notre fils Paul naquit neuf mois, jour pour jour, après notre nuit de noces – une nuit qui fut aussi celle de ma première expérience sexuelle. J'avoue sans détour que j'aurais aimé être un peu mieux renseignée avant de coucher avec Fernand – qui se montra par ailleurs très patient. Et aussi que je me serais bien épargné de devenir mère à dix-huit ans. Personne ne m'ayant jamais expliqué comment on fabriquait des bébés, il me fut compliqué de me prémunir de tout accident.

Par chance, Albertine avait l'œil. Et lorsqu'elle se rendit compte que mes seins s'échappaient de leurs bonnets, elle m'engagea avec son habituelle fermeté à prendre rendez-vous auprès de la médecine du travail.

— Pour qu'un docteur pose un diagnostic sûr et certain !

Il fut sans équivoque.

Subitement assaillie de nausées, j'abandonnai ce matin-là mon poste, aussi détraquée qu'atterrée. On l'aurait été à moins : à peine libérée de la tutelle de ma mère, cette grossesse non désirée me renvoyait en prison. Celle de la maternité qui enchaîne les femmes à leur rôle de femelle reproductrice. Quelle injustice…

Incapable d'évoquer mon « nouvel état » sans en ressentir des palpitations, je mis plus de trois semaines à m'en ouvrir à Yvonne et Fernand – qui s'en doutait déjà depuis un certain temps mais qui, ne me pressentant pas plus enjouée que ça, se gardait bien de me presser de questions. Et il avait raison : écartelée entre mon désir d'avoir des enfants et ma soif de liberté, je ne savais plus ni à quel saint me vouer, ni quelle ligne de conduite adopter. Pour autant, je le jure, jamais… jamais, je n'envisageai de me débarrasser de ce bébé – ce qu'Albertine, lasse de m'entendre me lamenter, finit par me suggérer en griffonnant sur un vieux bout de papier les coordonnées d'une faiseuse d'anges qui l'avait « par deux fois dépannée ».

Inutile de rappeler ici combien mon accouchement, seule dans ma cuisine, fut atroce. Sans le sang-froid de Fernand, j'aurais été emportée par une hémorragie foudroyante et notre fils serait mort étouffé par son cordon. Hospitalisée dix-huit jours, entre la vie et la mort, je fus durant tout ce temps dans l'impossibilité de nourrir Paul. Yvonne obtint un congé de Michelin pour s'occuper de lui. Trop embarrassée pour demander conseil, elle le gava de lait concentré délayé dans de l'eau sur la recommandation… d'une publicité peinte sur la façade d'un grand immeuble du centre-ville : « Lait Mont-Blanc – Lait des enfants – Le meilleur qui soit au monde. »

C'est un miracle que notre petit garçon ne soit pas devenu diabétique tant cette boisson était déjà très – voire trop – sucrée. D'autant qu'ignorant sa composition, je continuai à le nourrir pour moitié avec quand je réintégrai notre maison. Ce qui me permit néanmoins de reprendre des forces plus rapidement. Et offrit à Yvonne et mon mari la possibilité d'assurer un certain nombre de nuits. Un tel partage des tâches était du jamais-vu pour l'époque. Et le demeure à l'aube du XXIe siècle.

Je chéris Paul – qui fit de moi une mère – la première fois qu'Yvonne me le déposa sur les seins à mon retour de la clinique Michelin. Pour autant, porter un nouvel enfant quelques semaines après mon accouchement n'avait jamais été dans mes plans. Ceci étant dit, Jeanne – fruit de ce que les gynécologues appellent de nos jours « un retour de couches » –, naquit le 10 septembre 1924. Là encore, personne n'avait pris soin de m'expliquer que l'on pouvait retomber enceinte sans avoir retrouvé ses règles.

C'est sans conteste ces deux épisodes – cataclysmique pour le premier et contrariant pour le second – qui motivèrent ma décision de devenir sage-femme – et non institutrice ou secrétaire – lorsque je décidai de reprendre mes études. Au-delà de mon besoin d'éclairer et d'aider mes semblables, je voulais prendre ma revanche sur les médecins qui, nous considérant comme des demeurées, ne voyaient pas l'intérêt de nous mettre au fait des choses de la nature les plus basiques – le pronom personnel « nous » faisant ici référence aux femmes du peuple comme moi.

Pour me conforter dans mon choix de devenir sage-femme, je passai trois dimanches à la bibliothèque de la ville pour lire des ouvrages de vulgarisation de gynécologie. J'appris des tas de choses sur les différentes façons d'accoucher, mais surtout je découvris des techniques de contraception naturelle insoupçonnées. C'est ainsi que je décidai quasiment de l'heure et de la date de conception de Valentine, qui vit le jour le 3 décembre 1930.

Retourner étudier sur les bancs de l'école à trente ans fut tout sauf évident. Outre le fait que j'étais mère de trois enfants et que je ne pouvais pas me permettre de lâcher mon travail à l'usine la journée, je dus retrouver la concentration, l'habitude de la réflexion et le sens de la rédaction. Je dois bien admettre que sans le renfort d'Yvonne et l'indéfectible soutien de Fernand, jamais je n'aurais validé ma formation de sage-femme avec, qui plus est, la mention bien.

Comme toutes les nouvelles diplômées de ma promotion, j'incorporai en septembre 1936 les effectifs du principal employeur de puéricultrices, d'infirmières, de gynécologues et de sages-femmes de Clermont : la maternité des Neuf-Soleils, fondée par les Michelin, en 1920. Alternant vacations de nuit et vacations de jour, j'enfourchais souvent mon vélo au milieu de la nuit pour relayer mes consœurs. Lorsqu'elle m'entendait me lever, Yvonne, sujette aux insomnies, se couvrait les épaules de son châle en alpaga – cadeau de Fernand pour ses cinquante ans – et descendait nous préparer deux bols de café au lait que nous buvions en silence. Un silence apaisé. Enfin.

Une nuit de novembre, alors que je finissais de boutonner mon uniforme, ma mère débarqua sans frapper dans la salle de bains, les bras chargés d'un nouveau-né enveloppé dans du papier journal. Couvert de *vernix caseosa* – la substance cireuse et blanchâtre qui protège la peau des bébés à la naissance –, elle l'avait trouvé sur notre perron en ouvrant la porte d'entrée pour faire sortir le chat qui miaulait. Bien qu'il ait les yeux ouverts, il semblait à moitié mort. Après lui avoir intimé l'ordre de le coller contre sa peau pour le réchauffer – et le rassurer –, je me jetai dans la rue pour démasquer celui ou celle qui l'avait abandonné dans notre jardinet. Le quartier étant désert, je rejoignis Yvonne qui, réfugiée dans sa chambre, s'était enfouie sous une montagne de couvertures. L'enfant – un petit garçon – était si glacé qu'il n'émettait aucun son. C'est à peine si on l'entendait respirer. Ce qui ne manqua pas de m'inquiéter.

Alors que je m'apprêtais à l'embarquer à la maternité pour le confier à des médecins, ma mère me conjura de le conserver encore un peu contre son sein.

Séchée, j'abdiquai – je ne l'avais pas vue aussi déterminée depuis la mort de Luigi et sa décision de quitter le Midi. Tandis que j'émis l'idée qu'il devait avoir faim, elle m'indiqua du bout de l'index un placard fermé à clef dans lequel elle dissimulait une réserve de… boîtes de Lait Mont-Blanc.

— Je régale les gosses avec de temps en temps, chuchota-t-elle avec une pointe de culpabilité dans la voix. Je sais que tu as peur que ça leur gâte les dents mais ils adorent ça. Surtout Paul.

Notre nouveau protégé but peu mais goulûment. Ce qui lui redonna des couleurs. Et dans la seconde qui suivit son rot, bouche en cœur et joues en feu, il s'assoupit. Comme Yvonne qui ne demanda pas son reste.

Quand je rentrai de la maternité en début d'après-midi, je les retrouvai dans la même position, cernés par Paul, Jeanne et la petite Valentine qui n'en revenaient pas de trouver leur grand-mère endormie au lit à cette heure si avancée. Flanquée d'un nourrisson de surcroît. Quand Fernand, de retour de l'usine, apprit ce qui se tramait sous son toit, il prit sa plus grosse voix pour exiger que, « dans les plus brefs délais », nous confiions « ce nourrisson aux autorités qui sauraient quoi en faire ».

Prise d'une irrépressible et déraisonnable affection pour cet enfant, ma mère trouva les arguments pour que nous le gardions « encore une poignée de jours » – en fait, elle nous menaça tout bonnement de nous abandonner si nous n'acceptions pas. Et nous ne pouvions pas nous le permettre.

Les jours et les semaines s'écoulèrent sans qu'Yvonne consente à se séparer de « son » bébé – pour le plus grand bonheur de Valentine qui n'aspirait qu'à jouer à la poupée. Afin de ne pas éveiller les soupçons, elle nous défendit de le sortir de la maison. Elle nous obligea également à tirer les volets chaque fois que nous allumions le plafonnier et interdit aux petits de mentionner sa présence à qui que ce soit. Même et surtout à Albertine.

— Faute de quoi toute la cité en sera informée et on nous le retirera pour le placer dans un orphelinat où il sera maltraité !

Rien que ça.

Je ne saurais définir encore aujourd'hui ce qui se passa entre Yvonne et « Petit Louis » – car c'est ainsi qu'elle le surnomma en mémoire de son mari, Luigi… ou de son père, Louis. Ici encore, le mystère demeure complet. Quoi qu'il en soit, leur lien, inné, déroutant, fut si bénéfique que Petit Louis reprit du poil de la bête en un rien de temps. Et que ma mère – qui allait sur ses soixante ans – rajeunit de dix ans. Pas une fois, je ne l'entendis se plaindre d'avoir à gérer une telle marmaille. Quant à notre intérieur, il ne fut jamais mieux tenu qu'à cette période. Comme si elle craignait que nous prétextions une plainte ou un relâchement pour lui retirer celui qui était devenu son rayon de soleil.

Partagée entre la joie de la sentir de nouveau allègre et la certitude que continuer à abriter cet enfant sans existence légale était une bêtise, je menai une discrète enquête de proximité sur les conditions de son arrivée sur notre paillasson. Je n'appris, comme il fallait s'y attendre, rien de probant. Étant moi-même enceinte de Mathilde – conçue cinq mois plus tôt au sommet du puy de Dôme –, je capitulai. À ce stade-là, une bouche de plus ou de moins à nourrir à la maison ne changeait pas grand-chose à notre organisation. D'autant qu'il adorait le lait concentré.

Pour régulariser la situation de Petit Louis, Fernand – qui avait fini par s'attacher à ce bébé « si facile et si souriant » – profita de la naissance de Mathilde en mars 1937 pour le déclarer à la mairie. Et c'est ainsi que, par la grâce d'un acte de naissance falsifié par une consœur de la maternité syndiquée à la CGT, nous devînmes les parents de jumeaux qui avaient quatre mois d'écart.

Quand Yvonne s'autorisa enfin à sortir Petit Louis avec Mathilde en landau – Michelin –, les commères, interpellées par leur différence de corpulence, ne manquèrent pas de s'interroger. Puis, faute de réponse, d'échafauder mille *scenarii* plus fantasques les uns que les autres. L'autorité naturelle de Fernand associée à la sévérité d'Yvonne eut néanmoins tôt fait de leur rabattre le caquet.

Malgré la guerre et son cortège d'horreurs, cette période où nous vivions entassés à huit dans soixante mètres carrés fut l'une des plus heureuses de notre famille élargie. Yvonne, en chef de troupe chevronnée, régentait son monde avec souplesse et doigté – comme elle le faisait lorsqu'elle commandait son bataillon de femmes de chambre au Grand Hôtel de la Californie. Sous sa férule, Paul et Jeanne excellaient au lycée. Valentine, moins investie, se rattrapait sur la natation qu'elle pratiquait quatre fois par semaine au sein de l'Association sportive Michelin. Quant à Mathilde et Petit Louis, ils vivaient leur meilleure vie dans les jupons de leur grand-mère qui n'avait jamais été aussi radieuse depuis son départ de Cannes en 1916.

Jusqu'à ce que les restrictions deviennent notre lot quotidien, le Lait Mont-Blanc demeura notre péché mignon. À la base de nombreux desserts gourmands – flans, glaces, caramel, moelleux, confitures – qu'Yvonne trouvait encore le temps de préparer par je ne sais quel prodige.

— Elle aurait vingt ans de moins et je ne te connaîtrais pas, je crois bien que je pourrais être amoureux d'elle, me déclara un jour, goguenard, Fernand.

Sans sa présence à nos côtés, jamais je n'aurais pu continuer à travailler à la maternité – ce qui m'épanouissait. Ni résister – ce qui me rendait fière.

À noter que Petit Louis eut toujours un statut différent. Mais par la faute de ma mère, uniquement. De peur qu'il ne se blesse ou ne disparaisse, elle le couvait pire qu'une poule. Il était d'ailleurs plus « son » fils que le mien. Bien que sur le papier, pour elle, il ne soit rien. Alors qu'il était devenu tout pour nous, au même titre que Paul, Jeanne, Valentine ou Mathilde. J'eus beau essayer de marquer mon territoire, je ne réussis jamais à m'imposer : Yvonne me barrait le chemin. Gentiment mais fermement. La force tranquille. Pour autant, mes enfants le considérèrent comme leur frère à part entière. Et lorsqu'il nous quitta quelques années plus tard, son départ – qui suivit de près l'annonce de la mort de Paul – fut pour nous comme un deuxième cataclysme.

Un cataclysme qui en déclencha deux autres. Tout aussi effroyables.

Petit Louis n'était pas arrivé par hasard sur notre perron. Il nous avait en fait juste été « prêté ». Le temps que sa vraie mère, qui l'avait porté à seize ans, retombe sur ses pieds et puisse l'assumer. D'un point de vue psychologique, social et financier. C'est en tout cas ce qu'elle nous expliqua lorsqu'elle se présenta pour le récupérer, un soir d'octobre 1947. Le 12 très exactement.

Après un mois de septembre pluvieux et froid, les températures étaient remontées au-dessus des normales de saison. Le soleil, moins timide que de coutume, allégeait nos peines mieux que n'importe quel discours. Nous vivions une sorte d'été indien à retardement.

Depuis la rentrée, les enfants commençaient à accepter l'idée qu'ils ne reverraient plus leur grand frère. Yvonne résistait à la dépression en reportant son amour sur Petit Louis. Quant à moi, je reprenais du poids. Pas beaucoup mais c'était toujours ça. Seul Fernand coulait à pic, sans que nous puissions l'aider à sortir la tête de l'eau.

Je venais de finir de sécher ma vaisselle au torchon lorsque j'entendis carillonner le portail.

Ouvert cent fois par jour au gré des allers et retours de chacun, sa clochette faisait partie de mes bruits quotidiens.

Comme les pleurs silencieux de Fernand. Ou les chamailleries des deux grands. Pourtant, cette fois-ci, mon cœur sut. Et se rencogna. Comme lorsque Yên s'était présentée pour nous annoncer la disparition de Paul.

Pour me dédouaner de ce qui n'allait pas manquer d'advenir – ou la préparer au pire… –, j'invitai ma mère à sortir l'accueillir.

En panique soudain, j'adjurai Paul de me porter secours.

— Fais que je me trompe. Fais que je me trompe. Fais que je me trompe…

Cette inconnue pouvait être une copine de Jeanne. Une collègue de Fernand venue me demander d'aller le récupérer au café. Une de ces jeunes femmes de la cité qui, n'osant pas consulter un gynécologue, venaient me questionner dans le dos de ses parents, amis ou amant.

Inquiète de notre réaction, la jeune femme, qui ne devait pas avoir plus de vingt-cinq ans, refusa d'abord d'entrer. Yvonne, ne se doutant toujours de rien, lui attrapa d'autorité le bras pour l'attirer dans la cuisine. Et la mettre à l'abri des regards.

Dans le but de la rassurer, je fermai la porte qui nous séparait de l'entrée afin que personne ne s'avise de venir nous déranger – il en était ainsi chaque fois qu'une étrangère venait prendre conseil auprès de moi. La présence de ma mère en moins, bien sûr…

En bonne maîtresse de maison, Yvonne lui proposa une chicorée.

— Ou un rafraîchissement. Voire un fond de Salers, si ça peut vous détendre. L'alcool délie bien des langues et tempère les tensions, vous savez…

S'armant de courage, la jeune femme, qui n'avait pas proféré un son, répondit dans un souffle :

— Prenez d'abord le temps de m'écouter, s'il vous plaît. Après, vous déciderez si vous souhaitez toujours me désaltérer.

Sa voix était rauque. Presque cassée. Matinée d'un accent que je n'identifiai pas.

La maman de Petit Louis – parce que c'était elle – se prénommait Inès.

Fille d'un directeur de journal et d'une professeure de lettres encartés au parti communiste espagnol, elle avait trouvé refuge en France en août 1936 après le coup d'État militaire du général Franco. Son père, qui commandait un bataillon de républicains mal – voire pas – préparé à la lutte armée, était mort avec ses deux grands frères, à Pampelune, en juillet. Sa mère, consciente du danger qu'elles encouraient dans cette partie d'Espagne tombée aux mains des nationalistes, leur fit franchir les Pyrénées à pied, en plein été. C'est lors de leur étape à Saint-Étienne-de-Baïgorry, dans le Pays basque français, qu'elles décidèrent de rallier Clermont où Michelin recrutait à tour de bras et en faisait publicité jusque dans la région.

Inès ne se savait pas enceinte en débarquant en Auvergne à cinq mois de grossesse. Petit Louis était le fruit d'une seule et unique nuit d'amour avec son cousin Emilio. Compte tenu de son très jeune âge et de la situation politique du pays, cet être en devenir avait si peu de place possible dans la vie de sa mère qu'il s'était tapi dans un recoin de son ventre sans jamais se manifester. Inès avait découvert qu'elle attendait un bébé lorsque, prise de crampes, elle avait accouché dans les toilettes des femmes du vestiaire Michelin, un soir après son service.

En découvrant cette « chose » sortie de son bas-ventre sur la chape de béton sale des vécés, son premier réflexe avait été de la faire disparaître. De l'effacer. Faire comme si elle n'avait jamais été – puisqu'elle n'avait jamais « été » dans sa tête, son corps et son cœur.

Une de ses camarades de chaîne n'aurait pas saisi en l'observant qu'un truc clochait dans son comportement, Petit Louis serait mort. C'est *in extremis* qu'elle l'avait arrêtée sur le seuil du local à poubelles où elle s'apprêtait à commettre l'irréparable. Compagne de natation de Valentine à L'Association, la sauveuse de Petit Louis était au courant de ma reconversion. Ne parlant pas un mot d'espagnol – et Inès n'entendant rien au français –, la convaincre de déposer son nouveau-né sur notre perron avait demandé une importante dose de patience. Et de pédagogie.

— Elle aurait, je crois, préféré que je confie mon nouveau-né à la maternité ou à l'hôpital. Mais j'avais si peur que la France ne me renvoie chez moi si la police ou la gendarmerie apprenaient ce que j'avais commis et… ou que ma mère ne me renie, que… que votre perron m'a semblé alors la meilleure option. J'étais cachée derrière une haie quand vous l'avez recueilli le 8 novembre 1936. Si vous saviez, madame, combien l'effroi que j'ai lu dans vos yeux cette nuit-là m'a culpabilisée. Je ne vous le reproche pas mais cela m'a transpercée…

Il avait fallu à Inès des années pour accepter l'idée que cet enfant était le sien. Et qu'elle en était la mère. Elle avait d'ailleurs travaillé dur pour se sentir digne de se présenter un jour devant nous.

Après six mois à la chaîne à l'usine, une assistante sociale auprès de qui elle était venue chercher de l'aide pour régulariser son statut de réfugiée l'avait inscrite au lycée, où elle avait préparé son bachot qu'elle avait obtenu haut la main.

Soutenue par ses professeurs, elle était partie à Lyon avec sa mère faire sa médecine.

Inès avait si honte de sa « faute » et de son « inconséquence » qu'elle n'avait confié son drame à personne. Pas même à sa mère.

— Depuis la Libération, quand mon emploi du temps me le permet, je viens traîner aux abords de votre maison. Pour surmonter la peur de vous livrer mon histoire, de vous demander l'autorisation de ramener mon fils à Lyon. Je rentre chaque fois démoralisée, persuadée que jamais je ne saurai m'en occuper comme vous.

Inès occupait une situation stable – et enviable – à l'hôpital Édouard-Herriot. Logée au rez-de-chaussée d'une maison dont elle avait la jouissance du jardin dans le quartier ouvrier de la Croix-Rousse, elle préparait une thèse de neurologie sur les « anévrismes fusiformes » qui lui ouvrirait un jour la possibilité de candidater à un poste de chef de service. Malheureusement son manque de confiance était tel que rien n'était jamais suffisant pour consolider le peu d'estime qu'elle avait d'elle-même depuis qu'elle avait voulu tuer son bébé. À telle enseigne que si sa mère n'était pas décédée trois mois plus tôt, jamais elle n'aurait trouvé le courage de se présenter à nous.

— J'ai survécu au pire mais je suis seule au monde. Mis à part mon garçon, il ne me reste rien. Il est temps que nous soyons tous les deux enfin réunis. C'est une question de survie…

La ressemblance entre Inès et Petit Louis était trop flagrante pour douter de sa parole – mêmes cheveux noirs ondulés, mêmes yeux foncés effilés, même teint de peau mordoré, même front bombé et même nez parfaitement dessiné. Le rendre à sa mère était inéluctable. Elle avait droit à un peu de paix.

J'ignore où et comment Yvonne trouva la force de se lever pour nous préparer du café. Elle n'avait pas desserré les dents tout le temps qu'Inès avait parlé. Temps au cours duquel son corps s'était tassé. Les articulations de ses mains avaient blanchi. Et son front s'était ridé.

Prise de pitié pour cette jeune femme qui en avait bavé, j'avais, pour autant, du mal à intégrer son histoire.

Par contre, j'en subodorais les conséquences. Et je commençais à paniquer.

J'entendis le pas lourd et aviné de Fernand monter l'escalier mais n'osai bouger pour vérifier son état.

Yvonne sortit de l'armoire trois bols ébréchés et la boîte à sucre. Apercevant une conserve de Lait Mont-Blanc au fond de notre garde-manger, Inès nous demanda avec politesse l'autorisation d'en ajouter une goutte à son café. Arguant qu'il n'était plus bon, Yvonne refusa d'un ton sec. La menteuse. La malheureuse.

Nous bûmes d'une traite. Dans un pesant silence. N'y tenant plus, Inès se lança :

— Pourrais-je voir mon petit garçon ? Je vous jure que je saurai me tenir. Que je ne le réveillerai pas pour l'emmener…

Elle sut se tenir, effectivement. Mais elle nous reprit notre… son enfant. Après onze années passées sous notre toit.

Elle fit cependant bien les choses. Et nous donna plusieurs semaines pour le préparer. Là encore, je n'eus pas mon mot à dire. C'est Yvonne qui se chargea de lui expliquer ses origines, les circonstances de sa naissance et les projets de sa « génitrice » – les conditions de son arrivée chez nous, il les connaissait depuis toujours, ce qui lui simplifia les choses. Prétextant que le plus vite serait le mieux, ma mère n'atermoya pas. Comme à son habitude. Dix jours à peine après la visite d'Inès, Petit Louis était parti. Docile et résigné.

Nous étions tous restés sonnés. Bien sûr, nous nous étions promis que nous nous reverrions « vite ». Que nous nous aimerions « toujours ». Et que nous ne nous oublierions « jamais ». Mais nous savions, nous, les adultes, que la priorité était du côté de leur nouvelle relation. De leur nouvelle filiation. Des trois filles, c'est Mathilde, sa « jumelle », qui morfla le plus. Amputée de sa moitié, ma cadette perdit le goût de manger, de rire, d'étudier, de parler, de courir, de jouer. Petit miracle dans ce ciel sombre : pour la première fois depuis des années, je trouvais en moi une douceur dont je ne me croyais pas capable pour la réconforter. Et cela me fit égoïstement du bien de me sentir de nouveau connectée à la chair de ma chair.

Dans les secondes qui suivirent le départ de « son fils », Yvonne tira le rideau sur sa vie. Elle se glissa dans son lit – celui-là même où elle s'était réfugiée dix ans plus tôt sous un amoncellement de couvertures pour réchauffer Petit Louis – et ne le quitta plus. Elle refusa toute visite. Toute distraction. Toute toilette. N'accepta d'ingurgiter que de l'eau et du Lait Mont-Blanc. Quand je lui envoyai un médecin pour vérifier que son corps ne pâtissait pas trop de ses mauvais traitements, elle le chassa sans façon. Quand je la pressai de se ressaisir, arguant que nous aussi nous buvions le calice jusqu'à la lie, elle balaya d'un geste de la main mes supplications.

Le 2 février 1948, alors que je cherchais à tâtons mes clefs pour sortir faire une vacation à la maternité, je découvris Yvonne, debout dans l'entrée. En équilibre précaire, l'épaule appuyée contre la cloison du salon, elle m'asséna d'une voix inaudible :

— Je voulais que tu saches que je serai morte quand tu seras rentrée. J'aurais manqué à mon devoir de mère, si je ne t'avais pas dit au revoir... Bon, alors... au revoir, Prudence. Au revoir, ma grande fille...

Aucun geste ne se joignit à la parole. Ni chez elle. Ni chez moi. Nous étions deux handicapées infoutues de nous étreindre pour nous dire « je t'aime ». Le plus insensé dans tout ça est que je sus qu'elle disait vrai. Qu'elle ne bluffait pas. Pourtant, la langue collée au palais, je me tus. Et ravalai mes larmes. Comme la jeune fille de onze ans à qui sa mère avait un jour écrit qu'elle renonçait à son rôle de maman après la mort de son mari.

De peur qu'elle ne tombe et ne se brise, je la raccompagnai à tout petits pas vers sa chambre. Dans la pénombre. À force de ne plus rien avaler de consistant, ses bras étaient devenus si fluets que je pouvais les encercler en joignant l'extrémité de mon index et à celle de mon pouce. Après l'avoir bordée et recoiffée, je fis un aller et retour aux Neuf-Soleils pour me faire dispenser et revenir au plus vite à ses côtés. Informé, Fernand, ému, ravagé, en fit tout autant. Yvonne était si affaiblie qu'elle ne nous renvoya pas lorsque nous nous assîmes de part et d'autre de sa couche pour qu'elle ne s'éteigne pas seule.

Avant que les filles ne rentrent de l'école, elle était morte. Un immense sourire aux lèvres. Comme soulagée d'avoir enfin quitté notre monde ici-bas pour retrouver « son Luigi ».

En lui fermant les yeux, je lui murmurai pour la première fois depuis trente et un ans : « Adieu… maman. »

Prévenus, Inès et Petit Louis firent le voyage en train pour être présents à son enterrement. Comme mes trois « grands cousins », Honoré, Victor et Timothée – les fils de Céleste. Après le cimetière, où nous étions au nombre réduit de douze en comptant le curé, nous prîmes à pied la direction de la cité où une collation préparée par ma fidèle Albertine nous attendait. À peine arrivé à la maison, Petit Louis, qui semblait très affecté – mais par bonheur au mieux avec sa mère –, m'attira dans son ancienne chambre pour me faire lire le court mot qu'Yvonne avait glissé dans sa valise avant son départ pour Lyon, quatre mois plus tôt.

« Mon tendre Petit Louis,
Merci de m'avoir appelée "maman" pendant près de dix ans.
Ce "maman" que tu m'as donné, la première fois que tu as parlé, m'a réhabilitée.
Il a irrigué mon cœur asséché à la mort de Luigi.
Il a redonné des couleurs à mon âme noircie.
Il m'a permis de retrouver les mots qui consolent, bercent, rassurent, font rire et grandir.

Il m'a fait sortir de ma longue nuit, redonné goût à la vie.
J'ai eu beaucoup de chance de te rencontrer et que tu fasses partie de ma vie.
Je peux m'éteindre en paix désormais. Et c'est grâce à toi.
Ta deuxième maman qui t'aime et qui t'aimera toujours,
Yvonne »

Sa lecture nous fit pleurer. Et ne manqua pas d'inquiéter Inès lorsqu'elle nous découvrit enlacés, le visage ruisselant et les yeux brûlants.

Que de rendez-vous manqués décidément.

Fernand, qui se débattait toujours contre la culpabilité d'avoir envoyé Paul en Cochinchine, avait été un peu plus fragilisé encore par le départ de Petit Louis. La mort programmée d'Yvonne avait fini de le démolir complètement. En dépit de tout ce qui les avait toujours séparés, je mesurais combien ces deux-là s'étaient toujours appréciés. Respectés. Et épaulés lorsque j'avais repris mes études, travaillé à la maternité sans compter mes heures, résisté au sein de Combat.

Plus que jamais, Fernand noya sa détresse dans l'alcool. Jusqu'à ce qu'un soir, pour venger son fils « victime de la broyeuse Michelin », il mette le feu à un entrepôt de pneus usinés pour équiper des véhicules militaires blindés en partance pour Saigon. Un acte de folie pure, sanctionné par dix-huit mois de prison ferme. Dix-huit mois qui se réduisirent à quatre, le temps qu'une maladie respiratoire aggravée par des années de cigarettes sans filtre ne l'achève à tout juste cinquante ans.

Pour ma part, à quarante-deux ans, mes infortunes avaient de quoi faire fuir : trois morts en deux ans – mon fils, ma mère et mon mari –, trois filles à charge – une étudiante à Lyon, deux adolescentes à Clermont – et un salaire de misère pour faire vivre tout le monde.

J'avais le choix entre me laisser couler et rebondir. Je décidai de me battre pour remonter à la surface. Pour Mathilde qui ramait dru sans Petit Louis. Et pour Fernand dont la mort devait servir à quelque chose de bon.

Simone

Simone Veil née Jacob est une magistrate et femme d'État, née le 13 juillet 1927, à Nice, et morte le 30 juin 2017, à Paris. Icône de la lutte pour les droits des femmes en France, son plus grand fait d'arme est l'adoption de la loi de dépénalisation de l'interruption volontaire de grossesse, votée le 17 janvier 1975.

Offrir Simone Veil à ma dernière petite-fille, Béatrice – fille de Mathilde et de Bruno, le brillant physicien qui avait adopté « Paul Junior », fils de « S. tout court » – m'apparut comme une évidence. Cette femme politique d'exception, revenue de l'enfer des camps, fut mon modèle et ma source d'inspiration chaque fois que la tentation de succomber au pessimisme me submergeait.

À noter que le 30 mai 1972 – jour anniversaire des sept ans de Béatrice célébrés à la maison sous une pergola achetée pour l'occasion –, Simone Veil était encore méconnue du grand public. Son combat pour la dignité des prisonniers entamé en 1956 nous unissait cependant depuis des années. Je la citais d'ailleurs en exemple si souvent qu'elle faisait désormais partie du panthéon de la famille – famille qu'elle rencontra au grand complet, un soir de juin 1975, sous les ors du ministère de la Santé.

Une fois n'est pas coutume, mon cadeau immatériel fut validé par tout le monde. Sauf par Christian qui demeurait – c'était confirmé – un véritable abruti.

Avant de rendre visite à Albertine, à la maison centrale de Riom, le 10 juin 1945, je n'avais jamais mis mes pieds en prison. Le récit qu'elle m'en fit au parloir m'épouvanta. Et me révolta.

Il est entendu qu'Albertine Danger – la femme la plus entière et la plus fidèle qu'il m'ait été donné d'aimer – n'aurait jamais dû se retrouver derrière des barreaux à la Libération. Mais c'était compter sans sa passion pour Wilhem. Et son exécration pour Adélaïde de Roquemaurel, petite sœur de Berthe, mon ennemie de toujours.

« Mariée » au parti à qui elle consacrait ses jours et ses nuits, Albertine n'avait cessé de prendre du galon. Au point qu'en 1938, elle fut la première femme du PC à diriger une section régionale presque uniquement constituée d'hommes. Albertine et Fernand furent par ailleurs les premiers camarades clermontois à rejoindre le mouvement de résistance armée Libération-Sud.

C'est en quadrillant un petit bois en quête d'une planque pour dissimuler une radio parachutée par les Anglais qu'Albertine fit la rencontre de Wilhem Jung, en septembre 1943. Wilhem, trente-huit ans, était un pacifiste allemand originaire du Palatinat du Rhin. Comme des milliers de ses concitoyens, il avait été contraint et forcé d'incorporer la Wehrmacht au début de la guerre et s'était retrouvé en garnison à Clermont après que la zone libre avait été envahie en novembre 1942. Professeur de sciences politiques – et spécialiste de Jean Jaurès – à l'université d'Heidelberg, il était habillé en civil lorsqu'il tomba sur Albertine au détour d'un fourré. Parce qu'il parlait le français sans accent – sa mère était originaire d'Alsace –, elle n'imagina pas une seule seconde qu'il puisse être allemand – d'autant qu'il récoltait alors des champignons. Si elle ne lui révéla évidemment pas – et jamais – l'objet de sa « promenade », elle l'avertit quand même – en riant – que la moitié de sa cueillette était constituée d'amanites tue-mouches. Et donc… bonne à jeter. Il l'en remercia et c'est d'un même pas qu'ils regagnèrent Clermont par le chemin des écoliers. Ils se séparèrent place de Jaude sur une maladroite poignée de main. Et se promirent de se retrouver au même endroit le samedi suivant.

Mon amie n'avait jamais su résister au charme des hommes. Surtout lorsqu'ils étaient plus jeunes qu'elle. Et bien faits de leur personne. Ce qui était le cas de Wilhem, en plus de ses grands et beaux yeux gris. De son côté, Albertine ne manquait pas d'attraits : gironde, rigolarde, volontaire, pleine d'esprit et…

très sûre d'elle. Son *leitmotiv*, chaque fois qu'elle croisait son reflet dans un miroir en faisant bouffer ses cheveux :

— Comme le pinard, je me bonifie en vieillissant !

— Oui, bien sûr Albertine…

— Non, mais, franchement, Prudence, entre nous… tu trouves pas que je suis plus belle à quarante qu'à vingt ?

Leur « coup de foudre sylvestre » se mua en passion dès leur première nuit d'amour.

— Jamais j'avais pris pareil pied, Prudence. Jamais…

La chute fut à la hauteur de son « pied » – vertigineuse – lorsqu'il lui révéla qu'il était… allemand. Pour la première fois que mon amie était amoureuse, elle n'aurait pu imaginer pire scénario.

Parce qu'ils étaient incapables de passer plus de trois jours sans se toucher, Albertine et Wilhem louèrent une chambre à Chamalières pour abriter leurs ébats.

Le 20 juin 1944, au lieu d'évacuer Clermont avec son régiment, Wilhem déserta. Dans la débandade générale, ses supérieurs ne cherchèrent même pas à le récupérer. Par contre, Adélaïde de Roquemaurel qui habitait un hôtel particulier à six numéros de leur nid d'amour le dénonça à son maquisard de mari. Lequel le fit enlever sans chercher à comprendre qui il était, ni pourquoi il se terrait depuis des semaines dans ces neuf mètres carrés. La seule chose comptant à ses yeux était de venger ses vingt-quatre camarades

« lâchement assassinés » par les Allemands à Orcine, le 13 juillet 1944.

Les cris de désespoir et de fureur qu'Albertine poussa en découvrant ce qu'il était arrivé à son homme résonnent encore à mes oreilles.

— Tu te rends compte qu'il a crevé seul comme un chien dans une cave ? T'imagines combien il a dû être terrorisé quand il les a vus pointer leur canon sur lui ? Lui qui a toujours milité pour la paix… qui… qui vénérait Bertha von Suttner et Alfred Hermann Fried. Il s'est pris une volée de balles dans le bide et puis ils ont été s'en jeter un ! Quand je pense que ces gars du CDLL se targuent d'être des patriotes. Des ordures, oui. Des fumiers !

Quand elle identifia qui avait « vendu Wilhem », Albertine se mit en tête « de lui péter les dents, d'émasculer son mari et de terroriser ses enfants ». Je la retins, évidemment. Et lui fis jurer de ne rien faire qui pourrait, un peu plus encore, aggraver son cas.

— Toute communiste, résistante et sincère que tu sois, tu as couché avec l'ennemi, Albertine. Et pas qu'un peu. Adelaïde de Roquemaurel et son mari le savent. Qui sait s'ils n'abuseront pas de leur entregent pour te le faire payer, méfie-toi.

Fernand et les siens firent barrage pour la prémunir de toutes représailles. Grâce à eux, Albertine échappa de peu aux tontes sauvages qui sévirent dans le Puy-de-Dôme pour « faits de collaboration horizontale ».

— Qu'elles osent s'en prendre à moi, ces grosses vaches qui n'ont pas bougé leur cul de toute la guerre. Mon corps m'appartient. Personne y touchera jamais sans mon autorisation !

Elle reçut un nombre impressionnant de lettres d'insultes toutes plus abjectes les unes que les autres. Et, sans surprise, anonymes. Je me souviens qu'elles commençaient presque toutes par : « Femelle de Prussien », « Poule à Boche » ou « Putain de la nation ». Et s'achevaient par : « Au poteau les traîtres » ou « Plaisir d'amour ne dure, méfie-toi, scélérate ! ».

Quelques semaines après la Libération, en septembre 1945, alors que déportés et prisonniers s'en revenaient plus morts que vivants à Clermont, Albertine fut arrêtée par la police et déférée devant la chambre civique. Au regard de ses hauts faits de résistance, elle ne la condamna « qu'à » trois mois de prison.

Sous l'impulsion de Fernand, avec les copains, nous lui rendîmes visite à la maison centrale de Riom, toutes les semaines. Ses conditions d'internement nous estomaquèrent tous. Au plus profond de l'hiver, dans la cellule suintante où elles s'entassaient à six dans dix mètres carrés, il faisait dix degrés. Et cela malgré la promiscuité. Les blattes les réveillaient la nuit. Les cris les hantaient le jour. Et la nourriture – une infâme bouillie à l'eau claire – leur collait la diarrhée plus sûrement que de la viande avariée. En fait, rien n'avait changé depuis le départ de la Wehrmacht :

Albertine endurait « juste » ce qu'avaient enduré certains de nos camarades incarcérés par les Allemands pendant la guerre. La plupart y étaient morts de faim. Ou de démence. Quelle ironie au regard des services qu'elle avait rendus à la France.

Elle ne se plaignit néanmoins jamais de quoi que ce soit. Pour la « distraire » de ce cauchemar et lui signifier qu'elle n'était pas seule à se mourir d'amour, c'est lors de l'un de ces… sordides parloirs, sous une… sordide lumière, parasités par de… sordides bruits d'écrous que je lui confiai ma liaison avec Adrian. Elle applaudit à deux mains. Et ce, en dépit de sa fraternité pour mon mari.

— Je suis si contente que t'aies connu ça, ma Prudence. Si contente. Tu le méritais, tu sais ? Si Fernand n'était pas Fernand, je te dirais de partir à sa recherche sur-le-champ !

Albertine sortit de sa geôle, amaigrie. Vieillie. Et moralement anéantie.

Elle se ressaisit cependant après la confirmation de la mort de Paul, en décembre 1946.

— De dorénavant à désormais, fini les pleurnicheries. Mon chagrin n'est rien à côté de la mort de ton fils. De mon filleul…

Quand Fernand fut à son tour condamné à dix-huit mois de prison, toujours à la maison centrale de Riom, je constatai avec impuissance que le sort des hommes était pire encore que celui des femmes. Dans leurs cellules sans fenêtres, les canalisations débordaient de toutes parts et les rats, gros comme des chats, vivaient tels des pachas. Quant à leurs rations alimentaires, aussi immondes étaient-elles, elles demeuraient insuffisantes pour leur grande carcasse. « Par chance », Fernand n'eut pas à subir ce régime longtemps, puisque le 7 décembre 1948, une pneumonie mal soignée le fit rejoindre Paul et Yvonne.

Si je n'avais plus de larmes à verser sur sa tombe, il me restait encore quelques forces pour tenter d'améliorer le sort de ses anciens congénères.

À partir de janvier 1949, une fois par semaine, je visitai des hommes et des femmes condamnés à de longues peines. Abandonnés à leur sort par leurs proches, ils souffraient tous de solitude et de manque d'affection. Les raisons pour lesquelles ils étaient écroués m'importaient peu – et je m'ingéniais à ne jamais les connaître. Sauf s'ils avaient besoin de se livrer. Auquel cas je les écoutais en essayant de ne pas juger.

Aussi dérisoire que cela pouvait sembler, j'essayais, à ma manière, d'améliorer leur ordinaire en leur rédigeant des courriers, en leur procurant des avocats, des livres ou des vêtements, en dénonçant leurs conditions d'internement aux journalistes et aux politiques, en partageant avec eux les cadeaux que mes patientes les moins fortunées m'offraient pour me dédommager de mes déplacements : carottes, beurre, lait et œufs qu'ils gobaient goulûment.

C'est ainsi que je fis la rencontre de Simone Veil le 14 août 1957.

Le patron de cette jeune diplômée de la magistrature, le garde des Sceaux Edmond Michelet, venait de l'affecter à la direction de l'administration pénitentiaire. Sa mission ? Inspecter l'ensemble des prisons françaises et générer un rapport sur lequel s'appuyer pour réformer l'univers carcéral.

J'avais lu dans *Le Monde* au moment de sa nomination qui avait fait bruisser Paris – seulement quarante pour cent des femmes travaillaient alors, et la statistique s'écroulait à vitesse grand V dans la haute bourgeoisie – qu'elle avait été internée à Auschwitz-Birkenau et Bergen-Belsen. Et qu'en tant qu'ancienne déportée, elle était plus que tout obsédée par l'amélioration des conditions de détention des prisonniers.

À la suite de cet article qui m'avait fort remuée, je lui avais adressé un courrier à son ministère pour l'alerter de l'état déplorable de la maison centrale de Riom. Et lui proposer au passage mes services. Qui sait si, sur un malentendu, je ne pouvais pas lui être utile. Je me faisais naturellement peu d'illusions. Au point que je me souviens d'avoir juré à Albertine que si cette bouteille à la mer lui parvenait et qu'elle me contacte, j'écrirais à Adrian – ce à quoi elle m'avait répondu, pète-sec : « C'est le moins que tu puisses faire ! Contrairement à Wilhem, lui est en vie… »

Ma missive était bien sûr demeurée lettre morte. Et je m'étais fait une raison – il m'en fallait désormais un peu plus pour me démobiliser. Néanmoins... quand j'entendis, ce fameux 14 août 1957, vers midi, Simone Veil décliner son identité aux préposés à l'accueil avec une pointe d'impatience, mon cœur faillit lâcher. Manque de pot, le temps que je prenne conscience qu'une simple cloison nous séparait – cloison derrière laquelle une surveillante vidait mon sac à main avec nervosité après m'avoir palpée sans ménagement –, elle s'était évaporée. Pour être certaine de ne pas la rater quand elle aurait fini son tour, j'annulai mon parloir et ressortis dare-dare.

Je l'attendis plus de deux heures, sous un soleil de feu, le nez collé à la porte principale. Quand elle se présenta enfin, j'étais au bord de l'évanouissement. Elle me reçut avec froideur mais s'adoucit lorsqu'elle fit le lien avec ma lettre. Elle était en fait assez agacée que je n'aie jamais accusé réception du courrier qu'elle m'avait adressé et dans lequel elle m'informait qu'elle allait faire un détour par Riom pour me rencontrer. Je m'en excusai. Même si je n'y étais pour rien que la poste n'ait pas ou mal fait son travail.

C'est ainsi qu'elle me confia que, faute de subventions suffisantes, elle avait entrepris de rentabiliser ses voyages personnels – en l'occurrence ici, un trajet de... vacances vers l'Espagne – pour inspecter les établissements dont les visites n'avaient pas été jugées prioritaires par le ministère.

Elle m'octroya vingt minutes dans un café de mon choix pour que je lui expose mon point de vue sur la maison centrale de Riom.

— Je vous aurais volontiers accordé davantage, mais nous sommes attendus à dîner chez des amis à Montpellier. Si je continue à abuser de la patience de mon époux à cause de mes fonctions, il risque de s'énerver.

Avant de nous poser, nous fîmes un crochet par le parking situé à l'arrière du bâtiment où sa famille rôtissait dans une Citroën ID. Antoine donc, son mari. Mais aussi Jean, Claude-Nicolas et Pierre-François – respectivement neuf, huit et trois ans. Nous y découvrîmes une voiture vidée de ses occupants – son époux avait jugé préférable de mettre tout le monde à l'abri de l'insolation sous un bosquet de platanes.

Rassurées, nous repartîmes chargées du petit dernier qui ne tarda pas à s'endormir dans les bras de sa maman.

La question de la dignité humaine était viscéralement inscrite dans l'ADN de Simone Veil. Et elle savait de quoi elle parlait, elle qui avait été déportée dans différents camps de concentration. Ce qu'elle avait entrevu dans les divers établissements qu'elle avait déjà inspectés l'avait scandalisée.

— L'hiver, dans certaines maisons de correction, les jeunes délinquants sont entassés sans aucune occupation dans la seule salle disposant d'un chauffage. Nous ne sommes plus au Moyen Âge ! Je ne peux accepter l'idée qu'au lieu de permettre une réinsertion des condamnés, notre système les enfonce dans leur malédiction.

Je partageais en tout point son avis. Et m'affligeais comme elle que le problème des prisons se heurtât à deux obstacles de taille : les contraintes budgétaires ; et, plus grave encore, l'état de l'opinion.

— Le contribuable n'est pas prêt à payer des impôts pour améliorer leur niveau de vie. Je le pressens. Il va falloir nous battre, madame. Même si cela doit tanguer.

Pour avoir vécu au plus près l'incarcération d'Albertine, je lui suggérai que les femmes supportaient aussi mal que les hommes – voire moins bien – leur enfermement. Ce en quoi elle me rejoignit volontiers. Avant d'enchaîner :

— Les prisonniers et prisonnières d'Algérie aussi sont un souci. Ici comme là-bas. Savez-vous qu'ils sont plus nombreux chaque jour ? Et cela ne cessera pas tant que dureront les événements.

En une heure – et non plus vingt minutes –, nous abordâmes un nombre incroyable de sujets. Au regard de mon expérience de sage-femme, je me permis de faire dériver notre conversation sur le fait que la délinquance sexuelle et la pédophilie étaient trop souvent négligées. Voire sous-estimées en France. Et de fait jamais poursuivies. Ou alors à de rares exceptions.

Quand elle me demanda ce que j'imaginais pour améliorer les conditions de vie des prisonniers de la maison centrale de Riom, je lui répondis :

— La raser.

À l'époque, seules sa destruction et sa reconstruction m'auraient donné satisfaction.

Installée dans un ancien monastère, elle n'avait pas été conçue pour accueillir des détenus. Les travaux successifs, indigents, mal pensés, n'y avaient rien fait. Tout y était délabré et exigu. Le malheur suintait par toutes ses briques.

— Trop de camarades ont été exécutés ici ou sont morts de soif et de faim pendant la guerre. Comment envisager avec sérénité une quelconque réinsertion dans pareille atmosphère ? Quand je ferme les yeux, j'entends nos défunts appeler à l'aide leur père et leur mère…

Antoine ne serait pas venu nous interrompre avec un Claude-Nicolas aux genoux râpés, nous aurions pu discuter sans souci jusqu'à la fin de la journée.

Avant de claquer sa portière, Simone Veil me fit promettre d'être « ses oreilles et ses yeux » dans le Puy-de-Dôme. Ce que je fis jusqu'à ce qu'elle soit appelée à d'autres fonctions. Et me « convoque » à Paris, en juin 1975 pour m'épingler une décoration.

Quand un motard de la gendarmerie fit tintinnabuler mon portail, un matin, à huit heures, pour me remettre une enveloppe en papier vergé, je crus d'abord à un nouveau drame : la dernière fois qu'un militaire s'était présenté à ma porte en grand uniforme, nous étions en 1916 et papa venait de trouver la mort dans les tranchées. L'homme dégaina mon courrier et m'annonça, en souriant de toutes ses dents, qu'il émanait du ministère de la Santé. Dans la seconde qui suivit, mon cœur reprit place dans sa cage. Pour autant, il ne décéléra pas. Tel un avertissement, une phrase qu'aimait répéter Fernand me revint en mémoire : « Le bonheur, c'est quand le malheur se repose. Gardons-nous de le réveiller, Prudence… » Vingt-huit ans qu'un désastre ne m'était pas tombé sur la tête. Il y avait de quoi être inquiète.

Sur le pli figuraient mon adresse et mon nom calligraphiés en lettres anglaises. Depuis les invitations à venir boire le thé de la comtesse au Grand Hôtel de la Californie, je n'avais jamais rien vu d'aussi raffiné.

Ma nomination par arrêté, au grade de chevalier de la Légion d'honneur, ne me fit ni chaud, ni froid. D'ailleurs, si je n'avais craint de fâcher Simone Veil – que j'admirais plus encore depuis qu'elle avait fait voter ses lois sur l'avortement et la contraception –, j'aurais à coup sûr boudé cette médaille. Car franchement, qu'avais-je commis pour mériter une telle distinction ? Quelques faits de résistance. Comme tous mes amis. Un peu de prévention auprès des mères. C'était dans l'air du temps. Une poignée d'heures par semaine en prison. Pour honorer ma promesse posthume faite à Fernand.

C'est Christian qui se fit le plus pressant. Avec ses gros sabots bien lourds.

— J'ai lu quelque part que la Légion d'honneur permettait de bénéficier d'honneurs funèbres le jour de ses obsèques. J'ai aucune idée de ce à quoi ça peut ressembler, mais ça se tente, non ?

Comment ma fille faisait-elle pour supporter pareil con depuis vingt-cinq ans ?

Mathilde, comme chaque fois, l'emporta.

— Maman… nous ne nous sommes pas réunis une seule fois depuis l'enterrement de papa. T'as déjà refusé la médaille du Travail, accepte cette Légion ! Ça fera enfin un événement heureux à fêter ensemble. Un moment unique qui nous rendra tous fiers. On pourrait inviter Albertine, Inès et Petit Louis et imaginer passer un long week-end à Paris. Comme pour tes cinquante ans à Milan, sauf que cette fois-ci nous t'accompagnerions tous et tu serais moins angoissée pour tes patientes. Ça fait combien d'années que tu n'as pas dépassé les frontières de l'Auvergne ?

Depuis mon pathétique voyage à Cannes. Vingt-cinq ans.

De guerre lasse, je fis le voyage à Lyon pour me choisir « une tenue de circonstances » avec Valentine. En l'occurrence, une robe midi épaulée avec imprimé moucheté, encolure col roulé et lavallière intégrée – qu'elle tint à me payer avec ses économies.

— Tu pestes depuis des années contre mes frigidaires et mes sèche-cheveux. En attendant, sans eux, je ne pourrais pas te gâter comme je le fais, maman.

Mathilde parvint à tous nous faire rentrer dans une même pension de famille, à deux rues de sa maison située sur la Butte-aux-Cailles. Soit… vingt-trois personnes : Marguerite et Hélène étaient accompagnées de leur fiancé. Inès, de son mari. Petit Louis, de sa femme et de leurs jumeaux de trois mois. Et Albertine d'Alvaro, – « son julot du moment ».

Service mis à part, on se serait presque crus à la maison – une maison dont on aurait poussé les murs, s'entend. Guidés par Bruno – qui en plus d'exceller en sciences physiques adorait jouer les guides touristiques –, nous visitâmes Paris en rang serré, plus sages et plus attentifs qu'un troupeau de Japonais.

L'avant-dernier soir, Simone Veil me remit personnellement mon insigne. Nous étions le 10 novembre 1975. Bien que très occupée par la mise en place de ses nouvelles lois, elle ne m'en laissa pas le choix. Quelle élégance.

La cérémonie m'impressionna bien plus que je ne l'avais imaginé.

Quant à son discours – même écrit par l'un de ses scribes –, il me bouleversa.

« Chère Prudence,

Avec passion, abnégation et générosité, vous n'avez cessé, toute votre vie, de vous battre pour la liberté, la cause des femmes et la dignité des prisonniers.

Alors que vous voici entourée de votre famille et de vos amis, je souhaite rendre hommage ce soir à cette extraordinaire leçon de vie que vous m'avez donnée lors de notre première rencontre, il y aura bientôt vingt ans, à la maison centrale de Riom.

Votre enfance a pour décor Le Grand Hôtel de la Californie à Cannes où votre mère, Yvonne, est gouvernante et votre père, Luigi, jardinier en chef. À sa mort, alors que vous n'avez que onze ans, vous déménagez en Auvergne pour vous rapprocher d'une grand-tante accueillante. Au cours de votre scolarité à Chamalières, vous vous distinguez par votre capacité de travail remarquable et vos très bonnes notes. Bien qu'on vous encourage à préparer votre baccalauréat, vous décidez de vous contenter du brevet d'études supérieures afin de travailler comme votre mère à l'usine. Vous y rencontrez votre mari, Fernand, un syndicaliste aussi respecté qu'admiré. Vous avez avec lui quatre enfants dont vous pouvez être fière : Paul, Jeanne, Valentine et Mathilde.

Ancrée dans une réalité que vous ne perdez jamais de vue et animée d'un sens du travail hérité de vos parents, à trente ans, vous ne craignez pas de retourner sur les bancs de l'école pour devenir sage-femme. Après quelques années à la maternité Michelin, vous vous installez en libéral et vous arpentez la campagne du lever au coucher du jour, en prodiguant conseils et soins à des mères trop pauvres, trop isolées ou trop accaparées par leurs charges quotidiennes pour se faire suivre en ville. Contre vents et marées, vous défendez la contraception naturelle pour éviter que ces femmes ne tombent enceintes sans l'avoir désiré et ne soient ensuite obligées de se faire charcuter dans des conditions criminelles. Pour autant, vous ne pratiquerez jamais d'avortement, même si vous en connaissez les techniques.

Pendant la guerre, sans prendre parti, vous accouchez des Françaises enceintes de l'occupant allemand. À partir du 27 août 1944, date à laquelle Clermont-Ferrand est libérée par les Forces françaises de l'intérieur, vous rédigez des certificats de virginité pour permettre à des femmes d'échapper aux huées d'une foule vitupérante qui leur fait payer cher leurs égarements en les tondant en place publique.

C'est en vous rendant à la maison centrale de Riom pour visiter Albertine, votre meilleure amie, que vous découvrez le déplorable état de nos établissements pénitentiaires. Quand votre époux Fernand y trouve la mort deux ans plus tard à cause d'une pneumonie mal diagnostiquée, vous vous jurez de faire fermer cet établissement. Il est toujours en activité mais cette année, grâce à votre pugnacité, il va subir d'importants travaux de remise en conformité et devenir un centre de détention, avec un régime pénitentiaire assoupli. Je sais combien ce chantier que vous allez suivre pour moi vous tient à cœur. Comme il vous tient à cœur d'exercer bénévolement votre métier de sage-femme auprès des mineures et des sans domicile fixe plutôt que de jouir de votre retraite.

Vos faits d'armes sont si nombreux que j'allais oublier votre action de résistante au sein du réseau Combat. Sans jamais vous trahir, avec constance et témérité, vous transportez pendant trois ans des armes et des documents dans votre sacoche de sage-femme itinérante. Vous faites aussi franchir la ligne de démarcation à des soldats anglais et des Juifs en fuite qui auraient, c'est certain, trouvé la mort en zone occupée.

Chère Prudence, au nom du président de la République et en vertu des pouvoirs qui nous sont conférés, nous vous faisons chevalier de la Légion d'honneur. »

J'eus à peine le temps de trinquer avec Simone Veil qu'elle s'éclipsa pour remettre une nouvelle Légion d'honneur à une pédiatre versée dans l'humanitaire. Elle allait enchaîner jusque tard dans la nuit, m'informa-t-elle. Et elle s'en excusait.

Juste avant de nous quitter, elle m'attrapa le coude pour m'attirer à elle et me demander, l'œil brillant.

— Sans vouloir me montrer indiscrète, me diriez-vous comment s'est déroulée votre rencontre, hier matin ?

Ma « rencontre » avait été surréaliste. Au sens étymologique du terme. Et je n'allais pas tarder à en faire profiter les miens.

Secondée par Jeanne – ma reine de l'organisation –, j'avais orchestré un dîner, dans l'arrière-salle d'un restaurant, à trois pas de la place Paul-Verlaine derrière notre pension. Pour remercier ma famille au sens large d'être ce qu'elle était. Et leur présenter ma « rencontre » qui serait le clou de cette journée unique entre toutes. Cela m'avait coûté quelques billets mais il m'importait de payer moi-même les repas. Et que Christian, avec son gros chéquier, ne prenne pas la main sur ma soirée.

Chez Émile, au fond de notre espace privatisé, nous attendaient deux femmes tapies dans un coin mal éclairé. Il s'agissait de Yên et de Mai. Je n'avais pas revu la première depuis ce jour maudit de décembre 1946. Et j'avais découvert l'existence de la seconde la veille, dans un troquet de La Motte-Piquet que m'avait indiqué Simone Veil. Nous avions passé plus de trois heures à nous raconter, nous toucher, rire et aussi un peu pleurer – sauf pour Yên que rien jamais ne semblait pouvoir ébranler. Les plus belles heures de ma vie depuis la mort de mon fils.

Mai, trente et un ans, normalienne et scribe de Simone Veil, était le fruit des amours de Yên et de Paul. Mon huitième petit-enfant. Ma cinquième petite-fille. Jamais… jamais je n'aurais pu imaginer, même dans mes rêves les plus secrets, que mon fils avait une descendance.

Yên était tombée enceinte de Paul à la fin de l'année 1943. Dans le combat qui était le leur à l'époque, ce bébé était *persona non grata*. Après avoir essayé de le faire passer en se faisant piétiner le ventre par deux amies bien chaussées, Yên avait accouché de Mai dans la jungle, en août 1944. Par une nuit d'orage chaude et poisseuse. Bien avant sa naissance, ils avaient pris la décision qu'ils ne parleraient de leur enfant ni au père de Yên – François-Xavier Bouchardon… l'homme de la poste centrale de Saigon –, ni à nous. Ils voulaient qu'elle soit élevée en Indochine, par son arrière-grand-mère maternelle, la mère de Dao – la chanteuse et modiste morte en couches.

Mai avait été choyée. Et élevée parmi par ses cousins et cousines qui l'avaient considérée comme leur sœur.

— Ce qui est la coutume dans notre culture, tint à préciser Yên.

Au cours de son enfance, Mai avait croisé sa mère moins de dix fois. Accaparée par la guerre, elle s'était appliquée à toujours rester une étrangère.

— Les accords d'Évian n'y changeront rien, intervint Mai.

— Même haut cadre du parti, gaspiller mon temps m'était interdit, coupa Yên. Aujourd'hui encore, seul compte l'avenir du pays.

Parce que Mai était d'une rare intelligence, sa tutrice avait décidé de lui donner toutes ses chances de s'élever. En cachette de Yên, elle l'avait inscrite au lycée Albert-Sarraut. Un lycée français privé, mixte, gratuit et laïc. Sans pour autant se renier, Mai la métisse s'était coulée dans le moule de cette institution réputée pour son exigence avec une déconcertante facilité. Comme pour accompagner cette mue, à l'adolescence, ses traits s'étaient occidentalisés de façon radicale. À quinze ans ne restaient de ses origines asiatiques que ses yeux imperceptiblement bridés, sa peau ambrée et ses cheveux épais couleur de jais.

Son arrière-grand-mère était tombée malade l'année de ses dix-sept ans. Sentant sa mort prochaine, elle avait convoqué Mai dans sa chambre et lui avait livré le secret de ses origines. Le choc avait été de taille. Pour autant, il l'avait libérée d'un grand poids.

— Dotée de trois quarts de sang blanc, je comprenais mieux pourquoi je ne ressemblais pas aux miens. Et me sentais attirée par tout ce qui venait de France.

Comme sa tante Mathilde, Mai avait obtenu une bourse pour faire son hypokhâgne et sa khâgne à Louis-le-Grand – à huit années près, elles s'asseyaient sur les mêmes bancs. Logée dans un foyer de la rue Notre-Dame-des-Champs, elle avait consacré tout son temps libre à retrouver son grand-père français, François-Xavier Bouchardon. Retraité des PTT, marié à une Tonkinoise, il vivait rue Gay-Lussac, à moins de cinq cents mètres de son lycée. Leurs retrouvailles avaient été tendres. Et Mai s'était installée à demeure chez lui l'année de sa khâgne. Diplômée du département de sciences sociales de l'École normale supérieure de Cachan, elle avait intégré à trente ans le cabinet de Simone Veil au ministère de la Santé. Devenue l'une de ses plumes, elle avait été chargée de rédiger ma biographie. Quand Simone Veil lui avait parlé de Yên, de la mort de Paul et de ses « faits d'armes » chez Michelin en Indochine, elle avait fait le rapprochement avec ce que lui avait confié son arrière-grand-mère avant de mourir et avait écrit sur-le-champ à sa mère pour qu'elle lui dévoile le nom de son père. Les années l'ayant un tant soit peu assouplie, elle s'était exécutée. La chance – encore… enfin, ai-je envie de dire – voulut que Yên fût invitée à prendre la parole sur « l'émergence du Vietnam dans le concert des nations », place du Colonel-Fabien, trois jours avant ma remise de Légion d'honneur.

Les mots me manquent encore pour traduire l'ampleur du silence qui suivit ce récit. Jeanne et Valentine étaient médusées. Les mâchoires d'Albertine et Christian, à terre. Petit Louis broyait la main de Béatrice qui broyait celle d'Inès qui broyait celle de sa belle-fille. Même les enfants, toujours promptes à blaguer, mesuraient combien le moment était solennel.

Avec des gestes précis, Mai déboucha trois bouteilles de champagne. Un à un, elle remplit des verres à tout le monde. Serveur compris.

— Je lève mon verre à Prudence, ma grand-mère enfin retrouvée, qui m'a fait hier matin, un cadeau d'une valeur inestimable : une famille.

Clermont-Ferrand – Août 1995

Lavé par la pluie tombée quand leurs regards étaient rivés aux portes du four crématoire, le puy de Dôme rutilait de mille éclats. Lorsqu'ils investirent, torpides, le parvis du funérarium, tous les visages se tournèrent vers son sommet. Sa noblesse les apaisa. Sécha leurs larmes. Et éclipsa l'image de la caisse oblongue lapée par le feu.

Cinq jours plus tôt, à quatre-vingt-dix ans, Prudence était partie dans son sommeil. Sans signes avant-coureurs, pas même une petite douleur. Selon ses dernières volontés, couchées sur une feuille de papier roulée et nouée par un élastique en véritable caoutchouc – du pur *Hevea brasiliensis* –, elle avait été incinérée. Pour que ses cendres soient dispersées le long de la Nationale 7. « Et s'il en reste assez, dans le parc du Grand Hôtel de la Californie. Le royaume de Luigi… »

Comme elle l'avait exigé, aucun discours ne fut prononcé. Seul *Le Chant des partisans* eut le droit de cité. Dans une version revisitée signée Jean-Louis Murat. Un fils du pays. De Chamalières. On ne pouvait pas faire plus près.

Simone Veil, avertie par Mai, lui avait fait porter un odorant bouquet de roses rouges. Les Michelin, un panier de lis blanc.

Après la crémation, tout le monde s'était retrouvé dans le jardin de Prudence où deux tables avaient été dressées sous la pergola. Comme aux plus belles heures du militantisme de Fernand, au printemps 1936 notamment.

Sans le coup de téléphone de Steeve et Lucas à son agent, jamais Adrian n'aurait pu assister à cette cérémonie laïque où le Lait Mont-Blanc « Beaux Enfants » coulait à flots.

Sa présence, toujours aussi charismatique, détourna – un peu – chacun de son chagrin. Mais que faisait *il maestro* dans ce quartier ouvrier ? Et que signifiait ce coquelicot rouge en soie agrafé sur le revers de sa veste en velours brossé ?

Seule Albertine manquait à l'appel. En février 1988, en pleine campagne présidentielle, elle s'était cassé la figure – et donc… le col du fémur – en escaladant une échelle pour coller une affiche « André Lajoinie. Pas question de se laisser faire ! ». Il y avait malheureusement eu prétexte à perdre l'équilibre par la suite : lors de cette élection, le PCF avait réalisé son pire score depuis les législatives de 1924. Sans rapport de cause à effet – quoique… –, tout s'était mis à dérailler dans la foulée : tête, jambes, thyroïde, pancréas, foie. Albertine était morte chez elle, sa main bien au chaud dans celle de sa copine de toujours. Sa petite sœur de cœur. Sa compagne des beaux comme des mauvais jours. Celle qui lui avait trouvé, après son séjour en prison, un emploi de nourrice auprès des bébés qu'elle mettait au monde dans la cité. Des bébés comme Steeve et Lucas qui, quelques années auparavant, avaient tenté de « carotter à Prudence » de quoi se payer des billets pour aller voir un match de foot à Metz. Ils avaient eu de la chance qu'elle ne porte pas plainte contre eux pour séquestration. Pour toute punition, ils avaient été quittes pour six mois de… déchiffrement – Dieu que Prudence écrivait mal. Six mois qui les avaient néanmoins fait voyager dans le siècle et découvrir d'autres vies que les leurs. Six mois qui les avaient également transformés au point qu'ils s'étaient inscrits à la bibliothèque de quartier pour emprunter les romans et les récits dont Prudence leur racontait le début – mais jamais la fin – lorsqu'ils passaient la saluer en rentrant du lycée. S'ils avaient pu imaginer un jour qu'en allant lui « taper de la tune comme des grands couillons ! », ils sangloteraient en refermant *La Vie devant soi*. S'esclafferaient avec *Bouvard et Pécuchet*. Suffoqueraient à la lecture du *Dernier Jour d'un condamné* de Victor Hugo.

Les deux garçons, désormais mariés et papas, n'en revenaient pas de voir se mouvoir « pour de vrai » tous ces hommes et ces femmes à qui Prudence avait donné chair et âme dans son cahier. Curieux d'apprendre ce que les petits-enfants de Prudence avaient fait… ou pas de leur cadeau immatériel, ils interrogèrent Jeanne et Valentine – les filles de Prudence qui leur semblaient les plus faciles d'accès. Quand Mathilde, venue regarnir le buffet en conserves de Lait Mont-Blanc, surprit leur conversation, elle les recadra vertement.

— Ce n'est pas à elles que maman a fait ces présents ! Adressez-vous donc plutôt aux personnes concernées.

Ce qu'ils firent sans mollir. Charlotte et Olivier, emballés par leur idée, suggérèrent même que chacun prenne la parole, à tour de rôle.

Leur proposition fut cependant soumise au vote – Prudence n'avait-elle pas spécifié « Aucune oraison, aucun éloge funèbre » ? Comme il fallait s'y attendre, le « Oui » l'emporta à six contre deux – Paul Junior et Béatrice, les deux sauvages de la famille.

Steeve et Lucas, aux petits soins avec Adrian – eux seuls savaient l'intensité de leur amour passé –, prirent place à ses côtés sur une vieille balancelle. Il avait beau être toujours plus jeune que Prudence, il allait quand même sur ses soixante-dix-huit ans.

Fier de cette initiative, Steeve lança un enthousiaste :

— Honneur aux aînés !

Marguerite, quarante-six ans, divorcée, deux enfants, architecte des Bâtiments de France, ouvrit le bal :

— C'est moi qui ai essuyé les plâtres du cadeau immatériel imaginé par grand-mère. Je vous avoue qu'en héritant de son Grand Hôtel de la Californie – en lieu et place d'une patinette rouge et dorée qui me faisait de l'œil aux Galeries de Jaude – je fus un peu décontenancée, pour ne pas dire... pardonne-moi, grand-mère, si tu m'entends... dégoûtée. Et puis, quand elle a commencé à me décrire ses pièces de réception, ses meubles signés, ses boiseries si sophistiquées, ses rideaux venus d'Angleterre et ses vases de Chine, sa roseraie, ses caryatides et ses encorbellements, je me suis mis en tête de le reproduire au plus près de sa réalité sur un petit carnet que, je tiens à préciser, je m'étais payé avec mon argent de poche. Chaque fois que je lui soumettais un croquis, elle me le corrigeait, en me faisant ajouter une colonne ou une marche, modifier une perspective, élargir une baie vitrée. J'ai atteint la quasi-perfection à vingt ou vingt et un ans. C'est grand-mère, avec ce cadeau quelque peu baroque, qui m'a donné l'idée de devenir architecte, aux Bâtiments de France notamment. Depuis que j'ai été nommée à Nice il y a cinq ans, je vais lui rendre visite à Cannes dès que j'en ai le loisir. S'il n'a plus grand-chose à voir avec ce qu'il était à l'intérieur, il a gardé tout son faste extérieur. Et si je me bats aujourd'hui pour entretenir, protéger et préserver notre patrimoine, c'est à cause de... ou plutôt grâce à lui. Donc, à Prudence. Et je t'en remercie.

Un à un se succédèrent tous ses cousins.

Charlotte, quarante-quatre ans, célibataire, sans enfants, guide touristique en Asie.

— Je me souviens que toute petite déjà, je trouvais l'idée du cadeau immatériel insaisissable si canon que j'avais hâte, moi aussi, d'avoir sept ans. En revanche, j'ai pas été super gâtée avec l'*Hevea brasiliensis* qui recouvrait une partie plutôt sombre de la vie de grand-mère. Pour que ce cadeau ne me pourrisse pas l'existence, j'ai décidé d'en faire quelque chose de positif. Donc, quand j'ai enfin atteint mes vingt et un ans – c'est-à-dire quand maman a été obligée de me lâcher la grappe, hein mamounette chérie ? –, je suis partie avec mon sac à dos au Vietnam. L'objet de ce voyage ? Déterminer l'endroit où Paul avait été enterré pour lui offrir une sépulture – ce à quoi tenait plus que tout grand-mère. Quand Mai est entrée dans notre famille en 1975, elle s'est tout de suite proposé de m'accompagner. Je la sentais moyen au début mais comme elle parlait vietnamien, ça aurait été crétin de refuser. Je peux me permettre de dire ça avec franchise tellement plus rien ne pourrait nous séparer après tout ce qu'on a traversé comme galères, hein cousine ?!

Mai sourit et lui envoya un ample baiser.

— Nous avons fait ensemble une dizaine de séjours. À l'heure où je vous parle, nous n'avons toujours pas retrouvé sa trace mais nous gardons bon espoir. Nous avons d'ailleurs depuis peu une nouvelle piste à explorer grâce au petit frère d'un de ses camarades, Ai Quöc, qui nous a contactées par courrier. On est contentes qu'il se soit manifesté celui-là parce que Yên continue à faire de la rétention d'informations. À force de quadriller ce pays à pied, je me suis fait une spécialité des circuits isolés où tu croises pas un chat. C'est comme ça qu'est né le projet de créer ma propre agence de voyages pour balader des vacanciers un peu plus aventuriers que les autres. Je n'en vis pas encore. Mais si vous avez des copains à m'adresser, promis je m'en occuperai aux petits oignons. Et peut-être même que je vous reverserai une commission !

À ces mots, des rires fusèrent. Steeve et Lucas s'enhardirent même à siffler.

Hélène, quarante et un ans, mariée, quatre enfants, mère au foyer.

— Quand mon mari m'a proposé de nous faire construire une grande villa avec piscine chauffée à Chamalières, il m'a fait visiter six terrains. J'ai pris celui depuis lequel la vue sur le puy était la plus ouverte, la plus « dégagée » comme aiment à répéter les agents immobiliers. Bref, la plus fantastique… même si le terrain était plus petit avec seulement trois mille mètres carrés. J'ai toujours adoooré ce volcan avec lequel grand-mère a partagé tant de misérables événements. Mais pas que, grâce au fameux Séraphin dont elle nous parlait souvent les yeux pétillants.

J'y pense, pour ceux qui ne seraient pas encore au courant, veuillez bien noter, cette année c'est moi qui serai responsable de la « troisième randonnée citoyenne pour un grand nettoyage pédestre du chemin muletier » qui aura lieu le dernier week-end de septembre. Sachez que Prudence m'accompagnait dès qu'elle le pouvait. C'est-à-dire tant que ses jambes la portaient. C'est-à-dire jusqu'à l'année dernière. Elle me manque à un point indicible…

Des soupirs traversèrent la foule.

Paul Junior, trente-six ans, marié, deux enfants, cardiologue et adjoint au maire à la petite enfance à la mairie de Clermont-Ferrand auprès de Robert Quillot :

— Je suppose que le fait que notre grand-mère, comme tante Albertine et grand-père Fernand, ait toujours eu le cœur à gauche n'est pas étranger à mes engagements politiques. Bien au contraire. Comme son discret passé de résistante d'ailleurs, dont nous ne connaissons au final que trop peu de choses tant elle était la modestie incarnée. Néanmoins, *Le Chant des partisans* dont elle m'a gratifié et qu'elle nous faisait écouter chaque fois que nous passions l'embrasser m'a toujours hérissé. Et me hérissera toujours. Même chanté par Johnny Halliday.

En dépit de tout ce qui les avait toujours opposées, Berthe de Roquemaurel s'était invitée à l'enterrement de Prudence. Elle entonna les premières notes de cet hymne oublié. Elle fut bientôt rejointe par tous les anciens camarades de section CGT Michelin de Fernand présents dans l'assemblée. Une communion bienvenue. Même tardivement.

Olivier, trente-quatre ans, marié, trois enfants, éleveur de ferrandaises et producteur de fourme à Montbrison, remplaça Alice qui s'était absentée pour téléphoner.

— J'ai pas eu trop de chance avec le Lait Mont-Blanc. J'ai toujours trouvé ça écœurant. À part dans les gâteaux. Et encore, faut pas qu'ils soient trop sucrés, comme ton marbré, Mathilde, dont toi seule as le secret. Je sais que c'est mal vu de dire ça chez nous, que sans lui, oncle Paul et Petit Louis auraient calanché et que c'est pour ça qu'à chaque raout comme ici, maintenant, Jeanne, Béatrice et maman, vous nous en refourguez par cartons entiers. Mais bon, c'est comme ça, chacun son mauvais goût comme dirait l'autre. Sinon, je ne vois pas trop le lien entre le Lait Mont-Blanc et le fait que les vaches laitières soient ma passion. Quoique en y regardant de plus près…

Sa dernière remarque souleva une tempête de rires.

Béatrice, trente ans, célibataire, docteur en sociologie et bénévole « Aux amis du bus des femmes ».

— Chez moi, il n'y a pas à chercher midi à quatorze heures. Simone, c'est mon idole. Je passe la parole à Mai qui aurait dû, compte tenu de son âge, parler en premier mais que sa discrétion légendaire a fait taire.

Mai, cinquante et un ans, mariée, sans enfants, directrice des hôpitaux Saint-Louis, Lariboisière et Fernand-Widal.

— Tu exagères un peu Béatrice. Comme toujours ta fougue t'emporte. Prudence m'a offert il y a vingt ans des racines, une généalogie, une histoire. À part vous interroger pour rattraper mon passé, colmater les trous et préciser certains événements, je n'ai rien fait de très concret de mon cadeau. Dans un mois, avec Jacques, nous allons partir pour Saigon où une orpheline de douze ans nous attend. Faute d'avoir pu donner la vie, nous allons l'adopter : elle sera notre fille et... votre nièce. Nous la chérirons et lui enseignerons, entre autres, les belles valeurs de son arrière-grand-mère qu'elle n'aura pas eu la chance de connaître. Elle se prénomme Hîen. Nous lui proposerons comme deuxième prénom Pauline. En hommage à son grand-père disparu pour l'indépendance de son pays.

Hélène applaudit. Bientôt rejointe par tout le monde. Alice reprit sa place, les yeux rougis. De toute évidence, son coup de fil ne s'était pas déroulé comme elle l'avait espéré.

Alice, donc... trente-cinq ans, amoureuse chronique, écrivaine en devenir et en attendant d'en vivre un jour peut-être, auteure au kilomètre, sous pseudonyme, chez Harlequin.

— Je suis le cœur d'artichaut de la famille. Depuis mes trois ou quatre ans, tous les quinze jours, je tombe amoureuse de garçons pas faits pour moi. Comme ce salopard de Guy qui vient de me plaquer sans sommation. Je m'épanche, pardon, mais je n'en reviens toujours pas… Je sais que c'est pour ça que grand-mère m'a offert la Nationale 7 juste après ma rupture avec « Grégory le bien peigné ». Je vous ai toujours fait croire que ce cadeau immatériel et pas super sexy au premier abord était en lien avec ses premiers congés payés. En fait, il n'en était rien. Elle l'a descendue à vélo en 1942, avec le grand amour de sa vie, dont elle m'a toujours tu le nom et le prénom. Amour… amant auquel elle a renoncé pour se punir d'avoir envoyé oncle Paul à la mort en Indochine. Un jour de cafard, elle m'a montré une photo de lui, découpée dans un vieux *Paris Match*. Il était très… très très beau et ressemble diablement à un étranger présent parmi nous. Qui sait si je ne tiens pas là mon prochain sujet de roman. Celui qui me rendra riche et illustre ! Ne partez pas, monsieur, s'il vous plaît.

Tous les yeux se portèrent sur Adrian qui, le regard perdu dans le vague, se remémorait, navré, leurs deux rendez-vous manqués. Son désarroi était si palpable que personne n'osa l'approcher.

Steeve et Lucas qui lui trouvèrent soudain les traits tirés, firent quérir son chauffeur. Il glissa avec déférence son bras sous le sien et le raccompagna à son hôtel.

Alice – qui venait encore de passer dix minutes au téléphone avec son désormais ex – s'emporta contre la terre entière quand elle découvrit qu'il était parti.

— Dites-moi que c'est pas vrai ! Mais qu'est-ce que j'ai fait au bon Dieu pour les accumuler comme ça ?

— De notre point de vue, rien, madame. C'est pas interdit de tomber amoureux. Même si c'est souvent.

Touchée par leur gentillesse, Alice leur sourit pour ne pas pleurer.

— Sinon, pour votre bouquin, vous creusez pas. Suffit que vous retrouviez le cahier à spirales fatigué que Prudence cachait dans le tiroir de droite de son buffet. Juste sous sa pile de nappes brodées. Y a tout dedans, vous verrez. À peine s'il faut le retoucher.

NOTE DE L'AUTEURE

À l'origine de ce livre, il y a une rencontre.

Alors que j'assurais la promotion de *L'Étoile russe*, une inconnue prénommée Dominique est venue me confier que sa grand-mère Yvonne, une Clermontoise encartée au PC, résistante de la première heure, ouvrière devenue infirmière, l'une des premières femmes du Puy-de-Dôme à obtenir le permis de conduire (bref, une femme extraordinaire !), s'était retrouvée un hiver si fauchée qu'elle s'était vue dans l'impossibilité d'acheter des cadeaux de Noël à ses petits-enfants. En lieu et place d'un ballon, d'un album de timbres ou d'une maquette d'avion, elle eut l'idée magique de leur faire un présent immatériel en leur transmettant un paysage, un concept, un animal, un héros qui la racontait, l'incarnait, et auquel elle était plus que tout attachée. C'est ainsi que Dominique se vit offrir le puy de Dôme (le volcan et non pas le département !) et que sa petite sœur hérita du cosmonaute Youri Gagarine (héros de mon *Étoile russe*).

Avec son aimable autorisation, je me suis inspirée de cette idée diablement romanesque pour construire la trame de ce livre qui raconte la vie de Prudence. Bien que sortie de mon imagination, elle a un destin de femme proche de celui d'Yvonne et de tant d'autres grands-mères, mères et filles qui ont traversé le XXe siècle. Un destin fait de chausse-trappes, d'épreuves, de victoires, d'échecs, de joies et de peines. Un destin au cours duquel petite et grande histoire s'entremêlent. Un destin ponctué de prises de consciences humaniste, politique et bien sûr féministe.

REMERCIEMENTS

Par ordre alphabétique, mes remerciements les plus sincères à Laurence Addario, Grégoire Delacourt, Judith El Zein, Marie Gautier, Michèle Hufnagel, Carlo Ingargiola, Caroline Laurent, Fantine Soulié et Constance Trapenard. Chacun reconnaîtra son apport essentiel à ce roman.

Mes remerciements également les plus tendres à Luc, Lancelot et Eloïse qui se sont montrés avec moi d'une bienveillance et d'une patience que je n'aurais jamais eues à mon égard.

De la même auteure :

Nos étoiles ont filé, Stock, 2010 ; J'ai Lu, 2011.
Gaspard ne répond plus, JC Lattès, 2016 ; Le Livre de Poche, 2018.
L'Étoile russe, JC Lattès, 2018 ; Le Livre de Poche, 2020.

PAPIER À BASE DE FIBRES CERTIFIÉES

Le Livre de Poche s'engage pour l'environnement en réduisant l'empreinte carbone de ses livres. Celle de cet exemplaire est de :
200 g éq. CO_2
Rendez-vous sur www.livredepoche-durable.fr

Composition réalisée par Belle Page

Achevé d'imprimer en France par
CPI BRODARD & TAUPIN (72200 La Flèche)
en mai 2023
N° d'impression : 3053111
Dépôt légal 1re publication : juin 2023
LIBRAIRIE GÉNÉRALE FRANÇAISE
21, rue du Montparnasse – 75298 Paris Cedex 06

27/5263/3